髙橋みずほ歌集

SUNAGOYA SHOBŌ

現代短歌文庫

砂子屋書房

高橋みずほ歌集☆目次

『フルヘッヘンド』（全篇）

 10

 17

 26

 35

 46

あとがき 58

自撰歌集

『凸』（抄） 62

『訁』（抄） 67

『しろうるり』（抄） 73

『春の輪』（抄）　78
『坂となる道』（抄）　84
『ゆめの種』（抄）　90

歌論・エッセイ

動かない目――作品構造の変化と「作者」　98
短歌形式における「われ」の表現パターン　104
「白紙」という柔らかな問い
――針生一郎著『言葉と言葉ならざるもの』から　112
まどろみの季　121
裸形《らぎょう》はあらわれ来たる――岡部桂一郎のうた　123
集合体にある息づき――子規の写生の独自性　127

解説

髙橋みずほとの出会いメモ　針生一郎　132
髙橋みずほと縦の時間　東郷雄二　140
原初的な認識――歌集『凸』評　古橋信孝　146
ずれながら音を――歌集『坂となる道』評　荻原裕幸　148

髙橋みずほ歌集

『フルヘッヘンド』（全篇）

i

塊を広げつつもちつき虫は木立の夕日を突きにゆく

*

冬土がほぐれ出て日溜まりに爪先立ちて海の青

真っ直ぐに架かる橋を渡るまで道のくねりに沿わせつつゆく

摑めない雲の巡りにこの影があらわれきえるも地の上なる

急に下り続ける石畳家の傾き足の傾き

家々を分けるかにみせかけて路地は空き地へつながっており

細道は細道へとぶつかっていずれ線路に合う形する

凍る坂猫横切りて坂続く神社への道曲がり
にかかる

透明の雨重なりてゆけ丘の緑も雲に重なれ

夏蟬の忘れていった羽根ゆれて湾をころが
る波の凪

葉の落ちた樹の枝つかみて群れ鳥暮れる空
に埋もれてゆきぬ

ii

ベランダを通りすぎる雀の空に小さき穴あ
ける声

＊

さらさらと流れてゆく日々に追いつけぬ雨
のひびきは

豆腐屋の水槽なかへ滑り落ちゆるき重さを
左右にふるう

線香の煙束ねて上がりゆく空気の間の風の直立

すこし傾きたる屋根をもつ八百屋簾の影をまといぬ

裏口を開け放した蕎麦屋に動く指あり一列の卵

細道のブロック塀を薄の葉越えて探るときの風

ランナーは泰山木の葉かげより足のばし蹴り上げて去る

大型のダンプが車体を曲げる道歩道橋下に轟きをひく

脇下に風を通わす形して空気の束を抱えもつ

*

iii

ビルかげは平たく道に落ちていて荷積み車のあと追いをする

垂直に道交じり合う地図上に不確かな間を等分してある

細雨を流して霧とかえてゆく風の巡りは梢を迷わす

ふけてゆく夜を回す観覧車色とりどりのゆるきめぐり

富士山と真向から位置に挟まれた雲の底の薄暗き

水飴の糸ひきつつ人形をこしらえてゆく太き節榑

かき氷旗のひらめき季風をゆるりと追う簷の下

蔵前橋かぜに吹かれて渡り終え簾ごしの人の町並み

*

ポプラの皮剝がれゆく夏に日傘色の日の光もつ

iv

ひとり湯に見知らぬ女の入り来たり溢れと
まる量《かさ》ほどの

確かに現れるエスカレーター人もち上げる
高さがありて

廊下はコンクリートに仕切られて鋭き光を
追いて曲がれり

ゆるやかに路面の氷をかみくだくタイヤを
回しひとは去る

雨の街　一本二本と道越えて通り静かに傘
を広げる

雨後の径オレンジ色の少女来て靴のゆるみ
を落としていった

路地裏にまわりつづける風車野毛の祭りは
空へとからまる

店なかに服吊られ店なかに靴が積まれて川
端長屋

野毛町は人の足の傾ぐ町歩き続けよ川渡る
まで

背を屈め膨らみわたる川の上風が抜けて海へと向かう

遠方へレールをひっぱる風景をはねのけんとす後部車輛は

白髪の少し混ざった頭が振り向きざま笑い立つ

V

梅干の塩ふく朝に陽の高くのぼり続ける真昼間までを

玄関に迎える人の輪郭が定まりてより会話始まる

和尚は鐘とドラの曳く音より経をぼそと読み始む

藤房の先のゆれをつなぐ風のび出た蔓のからまりに消え

冬土が木立のなかに乾きいて風間に缶の音の転がり

うす障子木の湿りを吸いとって越えくる光
に押し倒された

めぐりたる渦を追いかけ灰となる蚊取り線
香くずるる形

和尚のだみ声なかで二つ手に割られてゆけ
り緑饅頭

玉葱を刻み終えたるまな板に夜更けの音が
とけて晩夏

肌にふき上がる汗ねっとりと夜半ホームに
回送車過ぐ

闇の湾コンクリートにつく貝の殻の重なり
こもる音

i

右の目を軸となして鳩はつとつと首をかしげ出す

＊

不忍池の枯れ蓮の実の穴をそっくり集め柳さ緑

天神様の鳥居よりのびる下り坂音の町音運ぶ町

石段の段の高さに刻まれて降りてゆきたり手に抱え持ち

玻璃戸は軋みながら開きゆき通りの音にからむ人声

蟬声と虫の音の響かう空の雲の襞に畳まれて夕

縄張りを守る鳥の声のする嗄れてなお鳴き続く

喉もとの太きを出づる音のするこもりこもりて雨霧に鳥

点点と雨点点と雫もうなにも見えない夜に

天井の水滴桶に当たりたり当たりたりたりてやまぬ　響き

怒る男の真上を蜘蛛がゆきゆきつきて壁下らんとする

粉雪の朝日のなかを降り惑う木の廊下は湯までをきしむ

竜の描かれてある襦袢の藍の深みは裾元薄れ

指先に畳の目のふくらみのつながりおりて陽の真中

住宅の区画通りに区切られた西日をとかす芒の穂

追うことのむなしさ先を漂わす雲の残した青の中ほど

*

ほろりとほぐれやすきほっけの身うす油身の残る皮裏

背開きの魚の巡り左右の口のひらきにて合う

三ッ石にとどく道を白波がつくりつつある海の暮れ

ii

鋭角に開く鋏のはじまりに裏地の布は　波うつ

歩道のアスファルトの繋ぎ目を離れつ沿いつ影のあたま

走り抜けてダンプ空気の層を剝ぐ　ゆるゆる響きかしぐ街角

辻曲がり近づく車のライトには左右に揺れる人間がいる

手のひら分あけた座席にすわりいて傾斜しながらさめゆく男

顔幅に戸を開け話し込む老女闇となる間のひとときにいる

どの町に降る雨音も繰り返すくりかえしてはわからなくなり

山霧が強羅の町にとどくころスイッチバックの音が途切れた

iii

遠ざかる人を時々振り返る地平のなかに手を下げていた

ソファーに埋まりてゆくからだが止まるところで力み出す脚

驚けば黒目ひとつを眼に入れたままなる顔を突き出してくる

円卓を囲む人らがつぎつぎに唇をかく山型にぬる

顔真中フルヘッヘンドフルヘッヘンド刻々
として過ぎてゆきたり

紫陽花の挿し木の鉢に水やりす男の背の平
らなるかな

かたかたと崩れゆくか窓枠に切り捨てられ
て雑木林は

光はグラスの水を通り抜け壁ゆれる水影と
なる

静やかに背が曲がりいて口先へ老は廻りて
とどまるらしき

径の隅二枚貝が口あけて空に吠える犬をみ
ていた

太陽の押し出るあたりに雲ありて電車音が
近づけり

騒音の流れている道の端ならびておる柳風

iv

後ろから太声が来て擦り抜ける厚き背をゆする自転車

寄り合うはアワダチソウに芒萩月のぼるまで日の沈むまで

駅ごとに二輌電車を行き来する半ば口あく車掌のバッグ

吊革にすがる角度に町並みが押し寄せ消えてホームに入る

人ひとり段ボール箱に守られて高架線下に眠り続ける

西のビルに日が落ちてとろとろと駅のホームの発車のベルは

銭湯の桶はじき合う空間をはさみ分かれる道のある

今日という日の終わるも長針の重なりずれて始まりという

V

漕ぐごとに藤をゆらしてブランコの男はたばこを煙にかえる

子が泣いて雲が流れて車ゆく柚の実たしかに黄色くなりぬ

公園の桜の房の撓むところ　飛んで兎　はねて馬

風梳きてプラスチックの白鉢にとろ陽めぐりて秋へと入るも

大寒の空で啼く鳥のどもとで丸める音を出して飛ぶ

＊

不確かに人の指のび六車線道路を越えて説明おわる

くねくねと根岸四丁目米屋八百屋をめぐりて　桜

ぼってりとこごめ大福ならびいて内なるところに店員がおり

ひしげたるT字路角にせんべい屋壺型ケースの向こうは障子

ケースから煎餅をとるほそ腕の動きのとまる老女の話

店先に和菓子の牡丹が飾られて地蔵の首が傾げて笑う

＊

透きくるものを交互にはめて境内の休憩場の開き戸は

桜木のまわりに提灯列をなす枝の隙間に春のあくび

ガサガザと町は臭いをかきまぜて西郷さんの銅像の下

とどまらぬ水を掬う手のひらにできゆくは静かなるもの

vi

杉の幹すっくりと立つ井戸と茶の間の真中にありて

＊

光入る畳の細き目のなかにうすき空気を漂わせつつ

朝風に風鈴まわりガラスの音のかろき重なり

坂道は家々の間をくねりつつ細々として丘の上

咲く花はうす紫の色となり空気の音に柔らかかしぐ

縁側の戸を越え障子をすきてくる雨音つゆの湿りもち

筆柿の芽が出たころに冬に入る淡き日差しかすめてゆけり

雀らが飛んでゆかない曇り空に電線ひそととどめて碍子

雨に落つ梅の実青丹の傷をもつ土の上　やがて宵闇

南天の房の蕾が割れてより夏秋すぎて赤にこぼれる

i

一本の杉のある夢とおく陽に押され押されて真すぐなるもの

血管のうき出る指を卓にたて女の声に動きのあるも

頬にあたる風か暗闇かなしみか涙の線をすいと描きて

無花果の熟れたぬめりは前の歯をうずめてしばししばしを問いぬ

鳴りながら転がる鈴を見失う人ごみの足のかさなり動く

ほそぼそと蟹の肉がとかれゆく透くほどに殻皿に重なる

チェロひきの肩が左に傾いて右へ右へと音を引き出す

とろとろと布団の綿にさす日差し夏の終りも窓枠に入る

からまりてからまりてゆくひと夏の黒き種を支えて枯れる

嘴の尖りをあけて鳴く鴉空なるものを内に入れ込む

咳をする男の寝返りうす窓に風鈴めぐらす赤き短冊

白壁に赤い天狗がつられゆるゆるひかり鼻先おさえ

横顔に男しずかにうなずきて頭の上の杉の枝々

天井へ向かうタクトにすべられて指揮者の
上で音止まる

時というひとつ窓に人形がぜんまい仕掛け
の音を出す

チェロ弾きは音をつまんだつまんだ先で音
を飛ばした

ii

ジングルベル　ジングルベルと消えてゆく
音を合わせて耳ふたつ

胴・手足サンタクロースの人形がバラバラ
うごき聖夜までを

腕からめ声をからめて過ぎゆけり人なるも
ののふたつと姿

まっすぐな国道沿いの細陰に葉影のゆれが
解かれていった

坂道を下る速度に満月が見え隠れする尾根
の町

人形の口より出づる香の煙り立ちてくねらん空気への道

教会のベルはしずかに待ちにけりとおき空を含めるほどに

iii

黄の紐をゆすれば玉おとたしかな音になるまでゆする

透く空をガラスの音のかけめぐる捨てゆく夏ひきてゆく雲

八人の男木組みの上にたち金鎚ふるう音々をたたく

西空にうすき山を置きざりに駆けよりてくる少年の膝

足そろえ跳ねる鴉と泡ぶくと沖に生まれた波の頭と

まな板に死にて目をむく魚の遠い海色透きて鱗

海からの雨に真向かい鴉立つつかめぬものの限りないなか

薄月が傾きはじめた太陽にそうて谷間におちてしまった

雪の積もりてつくる谷町の山の木立のうすうすと藍

咳の音窓枠の内人間の軋みなども細く小さく

青栗の毬のなかへと霧雨がおちてゆく子のつまさきの

袋の底からおちて厨辺にはねて転がる栗ぐりの音

祖母というも母なる母のとおき日の門をあけたる鈴の音にある

観覧車体の真中のさみしさをゆるゆる回せ冬夜の空へ

半月の真すぐな線宙を断ったちて傾く闇のせるほど

iv

修善寺の村で売られし天狗の　鼻影すこし下へとのびて

黒柿と黒文字のある菓子の干され干されて餡の味する

菊花の焼印の押されたる華と呼ばれる菓子湿《しと》る

篩月《しげつ》とう京菓子をとり出せばしめり皮うち栗くだかれて

口に入れ嚙むまでの舌の上ふれてとけて染むあまさ

淡《うす》かさね黒柿篩月の栗尽手《くりづくし》の平圧の小豆それぞれ

京菓子は北の地より運ばるる箱の袋の皮なかの栗

旧二条七本松に店ありて名のつけられる菓子となるまで

あわあわと白壁にある刻の間を天狗の影のつたいて

V

夏かどに触れていまなえはじむ薄もも色の
風が去るまで

手の平にふれてゆくか夏の　朝顔ほどの花
びらの睡

なよ風《かぜ》というは窓に三本のコスモスの立《りっ》右
にずらして

たんぽぽの種のゆくえも追えぬかな部屋の
うちなる空気の層に

梅林レンズを覗く男いて欠伸をのばすゆる
ゆると閉ず

竹柳重なるほどの黄みどりの曇りにいたる
いたりて垂るる

かたつむり植木鉢より転がりて右のつむり
のなかに入りたる

梔子の白き蕾のねじれより空気を入れしと
きの香ありて

種のない穴を合わせて白桃はとろりとろり
と缶詰の内

空豆のさみどり色の曲線をめくりて喰らう
厚き口元

ゼリーの注がれて夏すぎゆけりふるふると
して時の形の

笹舟を水溜まりのなかにおく吸われる水を
追いて地の上

青虫の枝になりたるかにみえてついともた
げた頭の太さ

めくるめく風鈴の風カラと捨てカラと拾い
てめくるめく

まな板の刻まれた音のへこみにしずかなる
かな盆の霧雨

vi

地蔵坂柘榴の実の木の下で地蔵はひそと手
の平をみせ

吊られおり砂利の頭のその上に柿の先のほ
のか朱色は

坂上がり坂曲がりいて〈七曲り〉とおく海へのつらなりをみる

家々は屋根の角度に傾いて傾く先を屋根につなげる

犬の口あいていたり細道と車道の境に耳立てたまま

水仙の香をのぼる階段に線香の煙ひき継ぎてゆく

垂れた蔓によじれをもどす朝顔の花やわらかに風となる

夏風をうけてとどまる青虫の食べ残したる葉の中におり

瓦波カラスが跳ねて渡るかな斜め斜めの瓦をつかみ

栗の木の雑木林の中ほどの凹みへ落ちる小栗その音

ピラカンサ実の赤さを重ね合う息づまるまでの季の太さの

晩秋の淋しさひきてゆく林　ひとの歩幅に落葉の音す

鳥たちの生まれて囀る青空に摑みて止まる
もののないこと

i

太陽を砕きて集める海原を動かすものとな
りたる地軸

*

春雷の音を捨てたる中にいて細々と雨すじ
なして闇

風のまま枝打ち合わせ傷つくる木立は森を傾けてゆく

仰向けの蟬の手足のゆるゆると捉えるものの風のまた中

立ち上がる波に真向かう坂道にほぐれほぐれの薄の花穂

波の風雲をちらして沖の舟もすとんと消える

稲の葉のつんと突き出た六月の水の田圃のときおき宙

吹く風にもたれながら行く人のもつ傘の傾く尖り

夕焼けにカラス飛び出す光景にひそと地球の動きあり

電線につかまる鳥の足二本離すときをつかめず揺れて

*

鷺寺に柿の実重なる秋に人はふと石となる

すっぽりと時をつかんで放ちやる東天紅の
足運び

赤い目は左右にとおく雪降りの日には内よ
りかたまる兎

＊

ii

そうともさ少年の声がしてじねんじょの実
ころがる道端

駆け上がる曲がる階段その先に祠がひとつ
あるだけの道

山道の曲がりの空にとんぼ飛ぶ空気の層に
体をそわせて

幹にひたっととまる蟬のゆらゆら手の位置
定めるまでの

かきわけて上がった亀の甲羅干し空気のぬ
くさに首割り差して

ゆっさゆっさと柚の木ゆれてふくれた青の
実ころげていった

厚き手は子の顔の横に垂れ下行く線路のな
かに垂れ

稲の葉のゆるき曲がりにそえながら厚きて
のひら硬きてのひら

川縁に老人すわる椅子がありほっとりと水
に触れ合うところ

蝉穴にさるすべりの花おちて人待つ人の影
の下

池底を歩く子亀の水掻きのゆるゆる刻を放
ちてゆける

薄雲の内よりすいと月の出る嵐ののちの風
のなかより

*

香のけむりを出す老人のほうと上向く陶の
口

驚きを黒くまるめた蝉の目に見上げた空の
ことなどなくて

iii

部屋の中壺の腹にのぼされてめぐりめぐり
ひと巻きとなる

*

影ぼうし障子のなかの兎とて人の形をまる
めていたる

根をのばす植物グラスの縁に寄すガラスに
映る光など吸い

刻まれて刻まれてしまう分葱のほろほろ穴
となりて転がる

魚泪まるく円かき消えてゆく網目に顔を寄
せ集められ

まな板の包丁叩く音つなげ相撲の行司うな
り続ける

洗い髪のままなる夏の夕刻が遠のいてゆく

綿あめをなめる子供が鳥居から近づき来る
おぼろに笑う

鶴の子の脚大きく描かれて松の下なる母の脚もと

美人画もひいふうみいと横顔に紅さしてみる笑わせておく

両国に雪ポロポロと降りつづき人の歩みを絵のなかに止め

少女泣きてゆきたり頬にななめの涙ながしたままに

＊

月よりこぼれゆく雁の　下角を目ざしておりぬ

木の下に笑いつづける子供いて額はそのまま宙に吊され

iv

あめんぼう水の上なる一日をかきてゆきたる空を捉えて

*

鶏の太声にほら空豆の殻ずんぐりと立つ

かっぽかっぽと空気の音する畦道に長靴の泥飛んで転がる

もうと鳴く牛鳴かぬうし牛舎の枠より越えぬあたりに

笹の葉は細道に揺れ風に揺れ赤子の髪に眠気がとけぬ

赤トマト玉葱青菜に芋の花夕日の色も陽のあした

稲の苗田に移されて四、五日を曇りの泥に漂わせる

消えること悲しくあるか蝉が手足で風さぐるまま

ひとひらの花びらにある膨みがくきりと見える宵闇はまだ

両国に雪降りて来て川面の泡になりてしまう夜

運びゆく無とするまでを蟻たちは蟬の死骸を切り分けて

背を向けた男少し影をもつ横断歩道の端を押えて

みな歩き歩きながら消えてゆく道に入るも店に入るも

*

カタリと動くからくりの腕の隙間を隠してまわれ

ピラピラの紙が空を飛んでゆく人間の文字くねりつつ

V

山頂のオカリナの音のつまずきも草露束ねた風にゆれ

ひと指の音消えぬ間に音を打つ音のなかなる響きを問えり

＊

赤帽子まわる踊り子だきしめて絵具のながれひきよせていた

赤い色黄色の玉に青四角からむ根っ子に笑う線

鼻高く女の顔が描かれて　ピカソ　顔のうちを動かす

農夫は白いカップを持ち上げて部屋の真中の出来事とする

犇めく光の色彩のあふれあふれて額縁の角

馬鈴薯の一つ二つと落ちる畝の暗みのとなりの老女の指は

種にぎり後ろ手にひく　とおく丘を割り立つ農夫

サーカスの道化の顔のかなしみの色のうすれて少女のドレス

つま先から刻んでダリ顔のない人たたしめて死んでしまった

キャンバスの奥より影が動めきてざわめき
て立つキャンバスを背に

*

ラの音そこより途切れ半音の不確かなるを
空気にのせる

三つ指でキーを押えて音とする和して消え
る一圧の音

vi

山鳩の鳴き出す朝の北窓にけだるさすこし
ずらしてあける

マンションの窓放たれて風の入るひとの呼
吸をふいにもち去る

*

屋根はビルのせビルは木をのせ木は空の雲
ちらす

空の青トキワススキの葉の垂れが風の長さを測りそこねて

道のびて乾いた空気の下にあり猫がまるまるセメント通り

ペチュニアの花一りん咲く初夏にうとうと日暮れを待ち続け

蟬の刻みの声のなかをゆくのっぺりと青をすべる飛行機

日差しの晩夏というに遅くある秋待つまでの日の溜まり

落ち葉も芝の上にささりたり満月の枝をぬけ

とうたらり仙石原は芒かな一本の坂となる道

白馬にまたがる人も波として回れ回れ音幅に

少しずつ暗くなってそこより雨　風に乗る

＊

緑葉のうちめぐりいて烏瓜蔦より垂れてほろほろ日暮れ

からり太陽うき立つ影をビルの谷間に落として去った

中伊豆に一本の川ありて光をとおす波立てる岩

*

海原が突き出てくるをおかしみて鷗の嘴おりてくる

檻のなか象は鼻を投げながらもどる鼻をまた投げる

ねこじゃらし光の中にうす毛立つ風吹くも人からの風

*

鳥かもめ南国椰子の重なる葉ひまわりの咲くTシャツの群れ

自転車をこぐ音のこして昼の陽に花影すこし長くなりたる

とある日のベランダをゆく小雀の足のそろいも迷いの静止

透く色を煮つめるほどにリンゴの香くれゆく厨の火の真上

湾の面壁に当りて弾かれてとろりとろりと波になりたる

薄月の下ゆく雲やその下をゆく風のある足をかすめて

白滝の細き流れはほっかりと穴あくところの石仏の上

山割れて芒の原が広がりて風の動きに音などなくて

ゲジゲジ土の穴から這い上がりうねりくねり春さがし

巻き戻す人の歩みは忙しく踏み出す前を確かめにゆく

電車内《うち》おんなは指を爪立てて蜜柑の皮の香に入れてゆく

福寿草蕾の先が雪に触れ転がりおちた光玉

あの丘のあの位置から風を呼ぶ枝をつきでる白き花群れ

遠く町見え海が見え空の青さへと流れるひかりの粒は

そこから雨降り出して空気の藍も葉にゆれる音

*

鯉のぼり喰らう風に身をくねり尾のはためきに戻りてゆけり

松かげにはいらんとする鶴の子の脚ほろり松葉の落ちるあたりに

糸一本吊られた蓑の中にいて温む風に揺れてみた

＊

息を吸い吐きてゆく音胸うちを縦割りにした管のある

ii

一本の道の果てから湧いてくる山車の太鼓に狐の踊り

とんカラとカラ山車のゆく祭りは道の角にて出会う

出遅れた青おに赤おにやってきて木の段のぼる櫓までの

鬼面の鬼の娘の鬼踊り内なるものも笛の穴より

大テントろくろっ首に布のゆれ紐の上下のおばけの動き

人の墓はあちらと指さす男深大寺裏の緑のくねり

草の根をついとひっぱる夕暮れに闇へあなするするとあく

日がな日がな長き爪で木を摑み面と面と貼りつけてゆく

坂なかばすれ違いゆく足指にはさまれている鼻緒かな

線香を軸となして手を合わす拝むというもけむりの長さ

ふいに目覚めぬ時から無というか人のりんかく残したままに

死んでいるひと生きている人の儀式に付き合って骨となる

一枚の写真の中にのこされた人の笑いひとのかお

動く音の内より犬・鶏と鳴いている耳に入るとき

曲がれば菓子屋横丁のにぎわいもコンペイ糖の角にふれ

駄菓子屋の隅にたてかけ川越の芋のうねりは土穴の

スナックのドアあけてママ水やりすうねうねと水暗がりに入る

町音を集めたガラス一枚にものが当たってカラカラおとす

懐にからくり仕掛けをしまい入れ人間おどり踊っておわる

iii

急階段おりて来たれば一葉のつるべ落とした井戸跡に音

青ペンキ手押しポンプにぬられいて細き長屋の空のもと

家々の鉢の重なり真中をゆけり下駄の歯音は

水仙の束をかかえる人すぎて格子戸に香細くのこして

雨にぬれぬれて菊坂梨木坂鼻緒の切れた下駄の上

木戸の内左右の家の壁板に音あり人のこもれる

物落とす走り歩き泣きじゃくる音のみの生活のある

夜のくらさ昇るうす月靴音に運ばれてゆく闇の中なる

iv

丸に竹藍染めはっぴの鳶職の背のゆれも橋たもと

正月の不動尊のしずけさも賽銭箱の下なる石に

かみほとけわからぬ言葉におきかえて人は首《こうべ》を垂らしゆく

不動下交差点より真向かう雄坂ほつりほつりと灯に消え

かつて海へと落ちる石段か汽笛おぼろの正
月の町
冬木立空に向かいて手を放つ　ままに途切
れた
真昼間に鳴るサイレンは割れてゆく樹皮の
薄くはがれるあたり
トンネルを抜ければそこは夕暮れでほのか
光のあつまるところ

V

ゆれ返すほらゆれのこる赤ベコの頭のまど
いも空気のなかへ
眉の上がりて下がるひとの顔ひとつがとき
おりゆらぐ
閉ざされてドアの内なる一枚の胸の写真の
骨の漠
あはあはと口穴となるひとの顔奥をおおう
ぬれた粘膜

顔を両手の中にはりつけてかがむ女は道の
端

両手から顔をはずして手にのこる顔の重み
をみつめていたり

目鼻口、頬の骨も残りたる手のひら内の重
みというは

すりガラスはめてしまえり顔の奥、声の奥
底

こうしてどよめく人の顔の中ひとつニキビ
が赤くふくれた

とおく襖を抜ける風音も柱に当たりうすき
色もつ

何もないふいに手もとのりんかくの一本線
がはっきりみえて

ひとひとり生活リズムとなりておりかすれ
るほどの口笛丸く

電車自動車風の音隙間を埋めた耳底の音

朴の葉が道端にすれ石にすれ春の中にすれ
やぶれ

昼顔の巻きのぼる初夏空をゆく雲あり一本の

めくりたるなかより薔薇の花びらがおちてゆくなり風つくりつつ

こんなことあんなこと春の野は待ち遠しくてゲジゲジの足

vi

厚き手を稲穂のさきへと滑らせて畦のなかへ消えていったよ

はばたきの影ひとつを道の上のこしてゆけり昼鳥

蓮沼にふかくふかく手を入れて光を上からかきまぜてゆく

軒の下ふらり蓑虫糸の先とけだしてゆく風のまどろみ

炬燵から頭ひとつ出し坐る老女の上の深き天井

冬蠅も柚葉のなかにもぐりたり光を背につい と引き寄せ

時の間にくだかれており土器の破片つなげて空気をうくる

あくびも一間ほどにて細道に背を向けて咲く芙蓉の花

vii

ぽっとりと青柿落ちてなごみ出すひかりの刻を右へと曲がる

のぼればほら道三つに分かれゆく社をぬける風道もあり

さみどりを上下にくねらせてポプラの幹をのぼるひととき

そりゃそうだ男のうなずき消えるまで道の曲がりに立つ犬の耳

鬼子母神老女が十円投げ入れて軒の深みに鳴らす鐘音

墓石はすっくりと立つ棕櫚の葉ゆれの内より出でて

つとつとと鉢めぐりゆく蓑虫のまるき行方は確かにあるも

港に飛んだ魚のきらめきがしぶきにおちて波の底なる

蟬声もざらつく幹のなかに消えおさめてゆけり季の風

汽笛とおくのびており晩夏の空の息づくところ

糸に吊る身の重たさにゆれながら飛び立つ風をさがす蓑虫

あとがき

　不思議な出会いは人も言葉も同じで、フルヘッヘンドの言葉をはじめて目にしたのは、新聞をめくったときのことだった。喉詰まりした言葉が、ぽろっと出てきたような響きが愉快で、つぎの歌集名にしようとそのとき決めた。

　オランダ語の解剖書ターヘル・アナトミアを訳し『解体新書』を上梓した杉田玄白、前野良沢、中川淳庵の苦心談が書かれている『蘭学事始』に関する記事だったと思う。

『蘭学事始』に「鼻のところにて、フルヘッヘンドせしものなりとあるに至りしに、この語わからず」とある。釈辞書もなく少しの蘭語の記憶のなかで、漸くある小冊と見合せてみると、フルヘッヘンドの釈註に「木の枝を断《た》ち去れば、その跡フルヘッヘンドをなし」、「庭を掃除すれば、その塵土《じんど》聚《あつ》まりフルヘッヘンドす」と読み取ってみるが、その言葉がどんな意味かわからない。こじつけ考え合うが見分けることができない。そのときに玄白は木の枝を断った跡が治れば堆くなり、掃除して塵土が聚まれば堆くなることから、鼻は面中にあり堆起《たいき》してゆくものなので、フルヘッヘンドは「雄（ウヅタカシ）」ではないかといったことから、その訳に決定したとある。

　はじめて外国の言葉を訳すという手さぐりの仕事に、本来の、言葉と向き合う姿勢、言葉と真向から苦しさの原点をみるような気がする。言葉への緊迫感の薄い時代にこそ、みずからの言葉とは何かと深く問う強さが必要なのかもしれない。顔の真中でひそかに成長し続ける鼻に重ねて、みずからの方向を見据えつつ、一掻きひとかき言の葉を堆み上げてゆく仕事をしてゆきたいと思う。

　この歌集は、平成六～十年にかけての作品とする。言葉はなるべくそのままにして、今の私と向き合うなかで歌集を紡いでみた。章ごと象形文字を使ったのは、意味よりも成り立ちに触れたほうが、時を越えた言葉との手さぐりの出会いをあらわせるような気がしたからだ。田と、一本の草が芽ばえたかたちの「甫・ホ」、地上にやっと出たばかりの硬く結んだ草の芽のかたちの「屯・トン」、豊かに生い茂った草のかたちの「丰・ホウ」、手に米粒がついたさまの「朮・ジュツ」、日と翼と立つのかたちの「昱・イク」。このなかに詰めた言葉たちが、さらに時をかけてゆっくりと熟してゆくことを思いつついる。

ながく、歌集を出さずにいた。それでも、蓑虫が一本の糸にぶら下がるように、一首の言の葉の連なりに身をゆだねて揺れてきた。そんなとき、針生一郎さんに出会った。深い息づきを、左右に大きな背中に揺らしながら、言葉を生む。揺れるものを確かめたしかめ問うようにまっすぐに歩いている姿に触れたとき、貫いてゆくという深さを思った。今回、栞を書いていただけた幸せを噛み締めている。これからも迷いつつゆく道の、問いの標として大切にしてゆきたいと思う。ありがとうございました。

短歌のはじめの一歩からとらわれない言葉の伸びやかさを教えてくださった加藤克巳先生、ときどきにさりげなく言葉をかけてくださる田村雅之さんに、今こうして歌集のできる喜びとともにお礼を申し上げます。

最後に、短歌をとおして今まで出会った方々、出版に至るまでお力添えをいただいた方々に心から感謝申し上げます。

平成十八年　栗名月の日に

髙橋みずほ

自撰歌集

『凸』（抄）

咲きかけの隙間に入りたる夏風の形となりて花びらの立つ

ひまわりの頭がわずかに黒ずんで傾いたまま種子を宿しぬ

テーブルの真ん中に落ちて反射する光は木目を隠しとどまる

風が来て髪の誘いに絡まって抜け出られぬままの影法師

右ひだり振子時計の繰り返し時を探して音をためてる

雨の後に棕櫚の葉先に透明のまるい空間できあがる

両側の垣根は細き道に沿い曲がり角にてぶつかり合えり

蘭の葉の伸びだしたる先が空気に寄りかかりはじむ

ゆっくりと起き上がりつつワイパーはゆがむ風景払いのける

牧草の空へつながる広がりに風の幅なる風のゆきかい

足もとに落ち葉からまり少しだけ人突き放す風が横切る

手のひらで傘先のゆれを握りしめ雑踏のなか歩き続ける

屋根歩く大工は背に空かかえ歩幅に雲をはめこんでゆく

手のひらに握る仕草を残しつつ裁ち鋏は布を切る

干柿の吊されている軒下に光を吸った影がならんだ

みどり葉でふくらんでゆく大樹は爆発しそうな燻ぶりをもつ

柿の実を残した空に太陽のぽとりと落ちる場所がある

豆の間に寄せられてくる灰汁すくう山鳩とおく声をころがす

とんぼ空つんと意志もち列をなす夕日に羽をあずけて飛んだ

なびくものなびかぬものを抱えもち地球の自転に変えられてゆく

胴体に垂直に立つ尾をとめて犬の関心坂道登る

空間に線を引きつつ遠景をなお遠ざけて雨の町

右肩を下げて左を上げながら首を傾け垂直となる

海面の間近にかかる橋を行く人影のせた波のたゆたい

足は人をまっすぐ運ぶ振り向けば道はかすかに曲がっていたり

夕暮れて灯火つけたる窓越しに人の動きの取り残されて

柚子の実の底の雫が闇の間の光の線となって落ちゆく

群れがもは光のしっぽを引き摺って陽の炸裂に入っていった

湖面には釣り糸たれて透明の波のあたまを釣り上げる

藤蔓は一本ごとの樹を編んでひと塊の森をつくれり

枇杷の葉が風に押されて壁をかく時が逆立つまでの間を

鷺とんで湖水の光をちりばめた中を割りたる杭にのる

牧草の流れの中へ裸足入れ風の行方を探し続ける

包装紙の折り目を押す指にそい音はたたまれ線となる

闇なかの窓越しにみる人影は左右に動き光に消えた

電線のたるみの上の山鳩は鳴きつつゆれつ厚雲の下

あめんぼう丸い水面つくりつつ支えるからだを映しておりぬ

無花果の葉は風すくう形して垣根を越えて落ちていった

向かい来る風景に去る風景をはめ込んでゆく速度のなかで

ロッキングチェアゆらして　春　風の中へ
と膨らみをもつ

まわりつつ風は花びら持ち上げてすいと空
気にとけてしまった

めだかうつらうつらと水槽の透明さに落と
されてゆく

干し竿を洗濯ばさみは握り締め忘れられた
こと思い始める

白壁の西日が当たる日溜まりに影を抑えて
とんぼ張りつく

沈む日に姿を映した冬の木は浮きたつ黒を
わからずにいる

川幅の太さのままに海となる北上川の長き
圧力

輝きを集めて湾はしぼみたる先より煙る宇
宙へ続く

カーテンを引いて闇を断ちながら闇の中に
包まれている

家壁に隣の屋根の影をもつ町並み続く先は
夕焼け

柱打つ金属音は消えかかる雲の行方に音を
投げかけ

秋風は熱もつ大地の草々をさましながらも
整えはじむ

空間にくもの糸が光って風の波を描いて消
える

『亘』（抄）

蓑虫が夏空つつむ窓に垂れ風をひくなる蓑
のふくらみ

仰向きて貝殻海水含みつつ遠のく波音きい
ており

手の平で空気に弧を探し出す指揮者のまな
こ閉じられたまま

かわひらこ花咲く間をすりぬけて空の風に
くすぐられ

花時計県庁前の陽をきざむ少女は時を眺めて立てり

とある日のポンポンダリアが咲く夏の蝶とりそこね空の広がり

万華鏡西のカラスの鳴く空に回して作る花の影

彼岸花細々と行く道の辺の地蔵の笑いを取り囲み

樹々の葉を流れに染める川の面におしろい花をひとつ投げ入れ

さあまわり出そうよ血の色をひとのしるしにからだに塗って

空と地の二色の間を飛びはねて赤い人間おまえも誰だ

地の緑へ腰をおろして口をあけ人らは声を出すかたち

ふところに猿の面を隠し終えついと伸ばす人形の手

鏡の奥の奥の奥の奥の振り向くことを忘れた背中

人里の民家の窓がひらかれて宙の暗さに向かいおり

春雷の音に惑いつあめんぼう空の果てに身を重ね

夏の夜の明けゆく石の段の上片方のミンミン蝉の忘れもの

空とうめいに伸び上がりのびあがりて子の夏は過ぎ

透く空にグラジオラスの枯葉色はなれてゆけり赤とんぼ

時はいま静かに止まりていたるかなとおき空に包まれた町

とおい街からやって来た電車のこない二本のレール

向こうの丘に鹿はねて上のなだりを描いていった

手にとれぬ光の線を描き出す絵かきのうそも額の内

猫の首つまむ指は肘よりありて人の姿の見えぬ彫刻

耳のない黄のキリストはほんほんと人のいのりを遠ざけてゆく

ロッキング・チェアゆれてめもはなも女のかおのうちでつらなる

からまつの枝すりぬけて風の道雪晴れてひかる道

蕗の薹とける雫を聴きながらほのか緑をにじませてくる

蚊柱の風ふくむ刻夕暮れの畦の真中に　ひとり

稲の苗空の列と隣り合う農夫きて水掻き回す

かざぐるま幼手に風となる細き軸の音する羽根は

うすく空気を吸い込む口元にうれしかなしも踊る人形

天井のふかきくらさを押し上げて鳴り止まぬむらさき電話

暮れどきの野バラはなびら落ちる道空気の凹みをうけて　ほら

耳鳴りがとおくの枇杷の葉のすれが風の林をかきまぜる

とおくでかなしき音をふるわせるふれえぬもののいる耳の底

夕闇をすぼめる店の電球に海老はねて金華糖

われもこう土手の夕焼け背負いつつ思い出という雲の襞

カブトムシ少年の夢を見下ろして雑木林を飛んでゆく

朝くぬぎ林を歩く靴底のどんぐり分の高まり

高くたかく地上にまわる観覧車吊られながら降りてきた

赤レンガ倉庫の上の避雷針風の流れのとがる位置

電車の来るまでのしずけさにひとつ花ふたつ花のふくらみ

昼過ぎの少年の首すじにうぶ毛立ちたる香もありぬ

大空へ矢を放つ人型に言葉を埋めつ

その昔やかんの湯気も加わりてめぐる団欒

家壁をこすりてゆれる枇杷の葉に透きとおる遠き月

金木犀祖母の動かす竹箒掃きつ集めつ香のとがり

からっぽの壺にひとしまわれてゆく人がしずかに閉じぬ

ひとり死にふたりさんにん死にゆきてもうすっかりと夏みどり

水鳥は頭を水につけたまま波間におりぬ揺れおりぬ

犬が渡る柳橋ひとのあしおと数えてわたる

人型にひとは眠れり闇にとどむる息の深さ

ほら　青い血管ひと生まれ死にゆくまでのつらなり

『しろうるり』(抄)

山鳩の胸深く声を出すとおくの森から聞こえるような

秋の庭光のふれたただよいにねこじゃらしの毛がひらく

黄の花はへちまの育つ長さへととおのきしぼむ

杖をふとつくを忘れる父の歩みはほのかに秋石畳

靴脱いで裏ながめてる少年と椅子に腰掛けバスを待つ

はじめは遠い空から雨粒の来て池の空を凹ませる

そこがとってもかなしくて涙がわいてくる穴のようです

民家の眠りを押し上げて養老山脈もりあがる

深きかなしみのあとにしずしずと運ばれてゆく虫の翅

森深く桜一本咲きつづけ新月のあわいにふれるまで

沼風の水面ゆらす時のうち蓮根の穴をころがしつ

逃げ惑うおたまじゃくしの猛しさに頭のゆれも尾のゆれのなか

宝珠橋こえて真向かう丘みどりたもとに並ぶ魚の開き

みどり葉のかじりとった青空に飛んでいったのだろうか虫は

黒土の深き穴より球根の白根かかげて　ほがらか

筆の線白を伸ばして壁となるポトリと人を置いた横から

右下をにらむ目の眉つりあげて肘の力を拳にためる

くいしばる吽形左腕のなく衣のなびきを押さえて立てる

この太枝の松の木伸ばす勢いに座敷の襖は立てり

戸を一枚立てて宙を切るようにあやうき境に人は生き

ゆうれいも柳の葉先に裾をもち人間の矢に向かいおり

秋はしずかにもどりきて鱗雲をつたう夕焼け

飛鳥川杉の根元をすぎゆきて柿の実うつる水面《みなも》へゆきつ

津村の山に津村の海に茅葺きの屋根は麻織り袂の景色

雀のふいに降りきて足で立つ湾は薄日に広がりぬ

老いることそっとしずかに来たるかな鉢の金魚の淡きとどみ

彩雲をたかく青の内に見る父の仰ぐとおいそらなり

葉の重なりて落葉ぬれて重く地球の温さとなるまでの

小走りを止めてしっぽの立つ毛よりさぐる空気の流れる気配

竹藪のふくらむ時を切るように栗鼠のしっぽは動き出す

うさぎの耳が風をつかんで立つ日暮れ草のしずくを嗅ぎわけながら

悲しい韻のなかに立ち上がるくもの足の並びかな

人が歩けばつながってゆく秋のなだりの鹿たちは

こんなにも秋の近づく線路かな薄の原のひとつ柿の木

アカマンマの伸び立つ前で父笑い母のわらう秋の色かも

雪の田の赤い鳥居のある里にめぐる山の雑木の交差

みずからを抱きつつ歩む北国の人の歩みの温さかな

墓石に雪積もりて墓石のひとつひとつのならびかな

木のもとは温かきかな雪の丸くとけて果樹のひろがり

ずるずると屋根落ち軒にたれるゆきはるのしずくとなるまで　の

散りながらわずかな刻を数えつつ鳩の頭の動く日溜まり

蜉蝣の尾の風に夏を待つかな杜若《かきつ》の細葉

夕焼けをひらくように門をひく祖母のとける輪郭

オハグロトンボ緑の内に染まるようつんとしっぽを差し出しており

赤とんぼ草の穂先をつかまえて地球のめぐり風のゆれ

雑木林のゆきの　あさひが影を　のぼしつづける

鳩がほとりと土に死ぬように海向くベンチに横たわる

太きもの抱きいるかな話し出す煙草のけむり吸う長さから

深くふかき呼吸の色のとけるほど海月の藍は波うつ

水に生き水に泳ぎて魚たちの群れゆく先を見てない目玉

東天紅の踏み足をついと上げ風に首をかたむけて

透きとおる丸き呼吸なみうちのぼる藍の薄月

煙を胸の奥に吸い込んで内なる藍の鼓動にかえる

水族の呼吸も人の吐く息も体の波打つうちより出でて

『春の輪』（抄）

夜空にひろげた換気の穴からとおく車の風の音

*

母子草格子の引き戸の端に咲く友の名を呼んでみる

てのひらをそっとたたんだ革の香の少年のわすれもの

すべる甍のすいと立つ花瓦寄り合いて鳩の
ふくらむ

赤い金魚に出目金の影追いかけて見つめた
ままの金魚すくい

涙垂れ小僧の買う三角飴のうちよりかがや
く気泡は丸き

樹の洞からひとりふたりと子が飛び出して
春草の香

歯の抜けた子がわらいみなわらいみな歯が
なくて口あけてわらい

桃色の舌で歯茎を触りつつさなぎをぬけた
虫のようだな

牛の目の真白き色のかなしみの蝶の翅の通
りすぐ

電球の傘のかしげに灯る夜のねずみかさこ
そ天井をゆく

未来図はテレビのなかの模造紙の立体交差
する道路

風船がかならず上に立つふしぎ手のひらに
握りしめ

梅や杉ぐんぐん伸びる庭先で少女は卵を産む遊びする

なりきってなりきって子のときはゆきぽんとはじけて朝顔が咲く

軒に吊る手洗い水の桶の下ついと押せばしずくのやわき

草しずく指で落として探しつつ風のとおりを見上げて忘れ

曇り硝子に笹の葉の影法師垣根のむこうにともしび落ちて

時は振り子のうごきの間のようなとおい深まり

傷を負いひとつ廻れる宙のなかどこでもいつも傷つけ合いぬ

青い星ひとつめぐりをめぐりつつ点く火を追いつはかなく蒼き

柱時計が刻む薄暗がりに五十音は煤けて並ぶ

淡いひよこの籠に風いっしょにうたう父の自転車

そわそわとする茶の間の上に並ぶなり蛍光灯の白き棒

バキュームカーくさいくさいと囃し立ておしめのとれた子は走る

家々をまわりてめぐる下水道人はひとにつながる地中

彫り続く志功の息のかたちかなアハハホホホと子を囲う

おとな踊りのよろこびを産み落とされた子の目は問いぬ

かぎりなき宙の流れにあることを確かめがたく盥の子

そうだべんだんだ口から口へ畑のかどの葱坊主

缶蹴りの缶けとばしてにげるひといつまでも鬼のかおする

トッテンカンと町は四角の鋭角に影をおとして道幅がのび

雪うさぎ手のひら合わせるかたちして赤い目ふたつ雪にはめこむ

夕暮れの藍の空気に雪うさぎひえて氷のかたき塊

雪の下の固まりつかれた土を突きつつ春は底から突きつつ

ストーブのやかんの口が湯気を出す梅の芽吹きの和らぎに似て

ゆきひらゆきひらやしろのうえからおりてきて鈴の音に消え

入れ墨のテキ屋も祭りのはなやぎのあやしき色を肌におく

こもりて放つ音も人体の洞から生まれるような法螺貝

ひと魚類波の泡のはじまりに人は人型さかなはさかな

ゆうるりと海水ゆけりたつのおとしご尾で立ちぬ

縄文の貝殻時の断面に骨がささりて胡桃がころぶ

むかし国府のある土に野芹摘みぺんぺん草の風に憩いぬ

小高き地の〈つぼの碑〉その上ででででっぽ
卵を温めつ

蟇《がまがえる》田の水から鳴きはじむ深き闇夜に引き
継ぎ鳴きぬ

東門を出でれば鎮守の森に神々の社あつめ
て狐のまもり

広瀬川太く崖を削りて地層断面ながしてゆ
ける

ふるさとはひかりの滴をまといつつ川面の
底の漂いに

薄穂があすのひかりをためるころ川辺をゆ
らす音のする

木の下で影絵の少女が歌いだす木の葉のお
ちて秋のただよい

深き土の層なり黒き米ひとのぬくもりから
こぼれ落ち

百粒の米をかかえて稔る穂の金の光に蝗が
とんで

小さき息かく水の面《も》にまるく水澄ましの春
の輪

＊

耳奥にねむるむかしのくらやみのひろがる果ての換気口

換気扇まわして時のつらなりの奥底を確かめてみる

『坂となる道』（抄）

蟬の子が夜の電車に乗り込んで長い光の旅路かな

海に向くベンチそれぞれ人のいてそれぞれの出会う海

夕焼けだんだんのぼりてゆけり羽ばたき鳥の落す羽根

西日射し土蔵の壁はがれ落ち雀の動く音のする

頭をたれて祈る上から鳩の足裏の踏みしめてゆく

笛穴を押さえて上げる子の指に風のカナカナ鳴き出しぬ

金魚鉢赤いしっぽのなびきに藻から泡の生まれけり

ひとつ卵をてのひらにうけて子の光かな

はるかひと生き抜く果ての土奥にいのりを埋めてゆきたり

丸の内三丁目地下に流るる時深く七十二枚の呪符ありき

口元の割れをつなぐところから埴輪は昔のように笑いぬ

冬薔薇の咲く公園の砂場に子の足跡うごきつ止まる

薄野をとぶこうもりの文様を織り上げて裾にて光

サザエの身螺旋にめぐる海底にゆらりくらりと海草育つ

魚紋という店にざっくりとサザエは角を重ねてねむる

細道に家々並び壁となり人のいきづく段明かり窓

なぜかその場所がよくて山鳩の緑の丘にふれる電線

木造の曇りガラスの教室にオルガン弾きのような山鳩

泣く子がおりぬちいさくありぬ朝のふとぬけるような静けさ

左巻き右巻きなどということのこだわり知らぬ頭のひとつ

白百合のほのかにつたう夕暮れの厨に匂う六月雄蕊

母と子が行水をする盥水落とす雫に子が笑い

おんなが歩き旅人あるく回り灯籠の道かぎりなく

とびはねて胸打太鼓に笛を吹く片手で立てる角兵衛獅子

荷車の姉さん役者の手をふれば水飴に口元のばす童かな

奴さん鎌髭撥鬢《かまひげばちびん》おどり出て行列の先頭に跳ね

ささほうさ竹の林の動きからひいてゆく風のうなだれ止まる

もうだれも信じることなく金魚鉢胸鰭のよく動く

銀肌にのばすひかりも尾となりてまたわかれるもうるりこ

あ　と思う先に釣り針の光につられて日の真下

あ　とあけたときにゆきぬめばるの一生あけて終わりぬ

かなしき声のかたちするめばる小めばる横の向き

夏風に吹かれて昼すこし前こうやって死んだ虫が運ばれる

前足を左右にひろげて葉をつかむこんな形の蟬が生まれた

蟬鳴く空の水溜りこわれた翅の浮いており

たわわなピラカンサの実の上の蜘蛛の巣まなかにひらく足

秋あかね空の虫を食べながら飛ぶ風をはかりおり

蜆蝶真珠玉にむすびあううすむらさきにひかりをひろげ

翡翠が岩をつかんだ一瞬を水面《みなも》におりぬ

爪立てて歩道を引かれ犬のなんともならぬ秋更けて

森からの風にめぐり風鈴は庭の緑の光にこぼれ

生きることかなしくもあり出会うことせつなくもある金木犀

蜂の嘴堅く細長く声もたぬものの研ぎ澄まされて

柿若葉柿の紅葉と過ぎゆきてひとつ年積む父の霜月

鶏のもも肉ぶら下げてにんげん生きる死をもち生きる

音する　雨　音のむ　雨　産み落とされたころの和らぎ

ずれながら音を放ちてゆくように絵筆のあとにのこる彩り

麦畑傷ついて死ぬひとを夏の穂波やさしくあるか

ひと粒のかがやきに果て麦畑の波に埋もれた金色ゴッホ

純粋はかがやく色かなすきとおる風が捨てきた光かな

かなしみをそっとうちからにぎるよに傘の柄をにぎりてあゆむ

くらやみのほのか光をあつめて雫のおちて坂となる道

坂の道のぼるさきの糸杉にうねりまかれる月夜の光

すっくりと黄の光をあててみる坂道にある夜の糸杉

『ゆめの種』（抄）

なんのため生きているのかハナミズキ木々をめぐるように咲きぬ

歩き出す緑の男のゼブラゾーン渡りきるまで緑でありぬ

柿の葉の芽吹くさみどり色の春　あちこち見入る子の瞼かな

花水木花咲きそろう木のめぐりあきらめかけた夢のひとひら

歩き出せ緑の男の一歩から湧き出るようなひとらはなびら

冠毛にゆめの種をはこばせてこの道は夕暮れとなる

失ってゆくものがある　いま風船蔓の波のさみどり

風に葉がこぼれて落ちた陽だまりに重なってゆく葉影のかたち

海底はかぎりなく深緑　むかしの森に生まれた魚

秋の陽ざし集めてとんがってゆくどんぐりたちの森

やさしさにこわれてゆけるこころかな氷のなかの花は一輪

編み戸の四角い穴で空刻むみえなくなってしまいぬこころ

店内を見ているように空映る木々をみているパン屋の硝子

桃の実のみつばち細き翅つけて針に甘みをつけて逃げ

ねむりからさめてみあげる空のさだまるまでのうす雲のゆく

風のなかなる海のなかなるかたむく光のすべるなかなる

断面の地層のうねり突如ずれ時の切れ目に重ねて生きき

しんととろりと面のそこから白い秋はしんととろりと

いつしか光のうみの動きとなるような人のかたちは

海原のひかりの上を漕ぎながら光にむかう
黒き人型

海のひかりにさそわれてとおく帰らぬよう
なひと影

黒影が光の海にこぎ出でて輝きゆらす動き
となりぬ

吹く息を丸めて運ぶ虹の玉夕暮れカラスを
追いかけて

こびとはろうそくをもちろうそくにみっつ
ひかりの色をもち

三角の赤い帽子をかぶってこびと一歩むこ
うの未来にひかり

梟の子は眠むそうな山の緑の洞ひとつねむ
そうな

子は口をあけて泣くなりのどひとつ赤みを
入れてなくなり

ほのぼのと陽だまりにいて振袖を引きずっ
てゆく影法師

歩くたび音する音のふしぎさにかがまって
みる鈴の玉

豹トラ縞馬パンダに麒麟人肌に吸いつくT
シャツにおり

生きものの不安のごときゆらぎかな人歩め
ばゆれる獣たち

シャツは人型獣らの模様動く胴にてひそけ
く動く

とおく蒼のめぐるそらのうち生きものたち
の響く森

さしだした靴のなかから雨の日のひとのぬ
くもり手渡され

蟻はしる花粒かかげて走る白くゆれを抱え
てはしる

夕暮れの藍の刻みは白く蟻のかかげる花模
様

生きるために血を吸って殺されたまっすぐ
に針の穴

まな板にいることなど朝までは知らずに泳
ぐ朝どり鰯

丸き目に海いろしずく人間に捧ぐ命と思わ
ずにいて

夏休み終わりかけて子がまわす虫取り網にかかる風

せみしぐれあきにかたむく昼下がりすこしのびて影法師

あおむけに手離したもののかたちをさぐりつつあきらめにになる

樹も人もゆれの激しきのちにある陽だまりのまぶしさにふれ

三つほどの広がる水の輪を見つついずれひとも消えてゆくもの

飴色の煮物となりている豚の耳のあちこち風聴くかたち

いずれみな死んでしまいぬ豚足の下にて耳の硬く立つ

肉食わずいのちつなぎていにしえに豚牛馬もみんなともだち

とおく近くの先にある死を突き抜ける人たちの町

切れば切るほどねばりがでるとテレビのなかで刃物がうごく

しずけさは波打ち際の砂の泡ふつりと途切れ波の線

にんげんににんげんの影ひきてゆきたるいつまでもにんげんげん

からだにつかめぬ水を湛えもちひとは地下に重力で立つ

押しよせる灯の数のつらなりに失ってゆく地下速度

地下の曲がりてうねる洞続き闇の森に吸い込まれ

夕闇に朝顔蔓葉の枯れて宇宙へそっと消えるようなり

かさこそと風に追われてかさなる葉角《つの》のようなる葉先をあげて

夏枯れの森の木の葉を数え踏む子の足もとに数の生まれて

たっぷりと空気にゆれる木の葉に滴落として森のうるおい

森の奥根の深くのびゆくところ桜一樹のあわきひろがり

歌論・エッセイ

動かない目――作品構造の変化と「作者」

1　はじめに

「超……」という言葉が流行っていたが、超という言葉の意味や響きは、つぎの言葉への期待がある。何を超えるのかと。

寺山修司が、「歌の伝統とは何か」（「國文學」昭和五十八年二月号）という座談会で、斎藤茂吉の歌を語っている。

ふゆ原《はら》に絵《ゑ》をかく男《をとこ》ひとり来《き》て動《うご》くけむりをかきはじめたり　　斎藤茂吉『あらたま』

……その場合の「動くけむりをかきはじめ」た男は、茂吉自身なのか、あるいは第三者なのか、実在しない幻影なのか。

一般的には、ただの写生短歌としてとらえられているけど、それだけじゃない。動くけむりとそれを見つめる動かない目の関係は、実相の観入だけじゃない何かがある。

茂吉には自己賛美も自己否定もない。超自我といったものを感じる時がある。俳句でも「ホトトギス」の初期の同人だった人たちの中に共通していますね、……いわゆる新興俳句の洗礼を受けた人たちになると私文学としての色彩を強める。

これらの話の前に、佐佐木幸綱は近代短歌が忘れてきた短歌の歴史のある部分に自分を消していく形があったのだろうと語る。それをうけて寺山は、高浜虚子の「川を見るバナナの皮は手より落ち」にそういうものを感じるという。

つまり、状態や状況の茂吉の作品を「超自我」と呼び、それが「写生」として理解されていることに、寺山は疑問を投げかけている。この問いかけを考えながら、短歌における「私性」を作品の構造の変化、とくに作者のかかわり方を中心に概観してゆくことにする。具体的には、現在活動している歌人の世代ごとの特徴を取り上げ、大きく四区分し、各々の「作者」と「対象」の関係をとらえる。また、心情が出やすいオノマトペ等（オノマトペおよびオノマトペ的な言葉）の作品を素材に使う。

なお、四区分は生年によって行なった（生年は、およそ次のとおりである。A：大正時代、B：昭和十五年頃まで、C：昭和三十年頃まで、D：それ以降とする）。

2 「作者」と「対象」の時期的変化

作品の構造を検討するにあたり、「作者」が「対象」をどううたい出そうとするかをみてゆく。ここでは「作品を生み出す主体」を「作者」、作品上に現れている事柄を「対象」とする。

「作者」と「対象」のかかわり方が構造に変化をもたらし、それが各時期を特徴づける重要なポイントとなる。

(1) A時期の特徴

河原に人下《お》りてする焚火見ゆあかあかとして短き炎　宮　柊二『多く夜の歌』

ぐらぐらとぐらつく頭わが肩にゆすり上げなどしてまた歩む　岡部桂一郎『鳴滝』

河原に人が来て、焚火をする光景。それを見ている「対象」としての「作者」の動作がある。「あかあか」には、短く真赤に燃える炎の状態と静かに重なる「作者」の心情が含まれる。

ぐらつく頭を肩に支え直して歩こうとする。「対象」に「作者」の身体の詳細な動きが見える。「ぐらぐら」には、不安定な身体の状態と「作者」の心情の両面が含まれている。

この時期において、「作者」は「対象」と直接対応関係をもち、呼吸の波動を伝えてゆくような密接なつながりがある。

（2）B時期の特徴

こんこんと外輪山が眠りをり死者よりも遠くに上りくる月　浜田　到『架橋』
しげりゆく卯月五月《さつき》のさわさわと青かきわけて生きて喘ぎて　岡井　隆『天河庭園集』

外輪山が眠る状態から死者を引き出し、死者と月の関係を見せてくる。「対象」として「作者」の姿は見えないが、他の「対象」を動かすことで存在がしめされている。「こんこん」には、山の眠る状態と、死者や月の関係の意味づけがある。

歩く動作を生きる動作へと重ねてゆく。「対象」に見えない「作者」は、内側から他の「対象」を動かし、その狭間から「作者」の強い吐息をこぼす。「さわさわ」は、それらの状態と心の騒立ちを感じさせる。

この時期、姿を隠す「作者」は、オノマトペ等だけでなく、他の言葉に多くの意味を託すことで存在を意識的に伝えようとする。「対象」とそれに隠れる「作者」は、密接にかかわっている。

（3）C時期の特徴

朝の水のみほすときにしらじらと顕てる身体《からだ》のうちの水路よ　三枝昻之『暦学』
街裏の朱《あか》きタイルの壁面の朱《あか》にずぶずぶよごれてあゆむ　阿木津英『白微光』

食道を流れ落ちる水は、見えない内部を視覚化する。「対象」に「作者」の身体が描かれ、「対象」と「作者」は対応関係をもつが、一方、身体が「作者」から切り離され、独立したもののようにも見える。そのため、「作者」と「対象」は対応関係をもちつつ、そこには距離ができている。「しらじら」には、水路が見えてくる状態と遠まきにときほぐされる「作者」の心情が感じられる。

朱に汚れるように歩む状態が説明され、「作者」の動作のように感じさせるが、「対象」に「作者」は見えない。これはBの時期の見えない「作者」が存在を意識的にしめそうとするものとは異なる。しかし、この動作の流れは「作者」を補う読みを拒まず、「作者」と「対象」に対応関係が成立すると理解される。一方、「対象」としての「作者」が取り払われ、状態のみが「対象」に提示されているという解釈も成り立つ。ここでは、「対象」と「作者」の対応関係に隙間ができるが、二つの解釈が成り立つため、「ずぶずぶ」には歩く状態と「作者」の心の響きが聞こえる。

この対応関係の隔たりは、「作者」のゆれを招いている。それは、「対象」としての「作者」の位置がなくなるためである。たとえば、「作者」という外郭を残して第三者を置き換える虚構の解釈とは違い、外郭も取り外される。虚構で語りえるものではない。これは、構造の大きな変化の兆しである。

（4）D時期の特徴

軒先に鶏《とり》の裸体のつるされてゆつくりと回りはじめた真昼　　大辻隆弘『抱擁韻』

鉄棒の上に座って口喧嘩　くるんとぶら下がって口づけ　　穂村　弘『ドライ　ドライ　アイス』

吊るされた鶏が回り出し、真昼という時も動き出す状態。「対象」は状態だけで、「作者」がどう関係しているか、説明されていない。「ゆっくり」には、ものの状態のみがしめされる。

鉄棒でのようすと、「対象」としての「作者」がどう関係するか、詳しい説明がなく、「作者」の息づかいが感じられない。鉄棒に座っている人が「作者」という解釈をされがちだが、A〜Cの時期にあった「対象」と「作者」の対応関係は、ここにはない。

この時期、「作者」と「対象」には、直接の対応や密接な関係はなく、従来の「対象」とかかわる「作者」が取り払われている。ここでは仮に〈作者〉とし、「対象」とは別に位置する。オノマトペ等はものの状態のみとなり、読者に託される。

3 まとめ—作品構造の時期的変化

オノマトペ等の素材をとおして、「作者」が「対象」とどう向き合おうとしたか、その一端が見えてきた。

先にあげた寺山の「超自我」あるいは佐佐木の「自分を消していく形」の作品は、Dの時期の構造と関連したものといえる。寺山の「動かない目」とは、〈作者〉の目にあたる。これは、読みをめぐる混沌のなか、現在の揺れる短歌の本質をとらえるキーワードになる。Dの時期の構造は、各時代の特徴的な構造に埋もれながらも存在していた。それが位置づけられなかったのは、「対象」としての「作者」が見えない作品には、「作者」を補って読むという暗黙の了解があったことによる。つまり、それを補っても、またそこに第三者を置き換えても自然な流れがあり、このような解釈以外は、必要としなかったからだ。

しかし、このDの時期の構造が多くなったことで、短歌の解釈の仕方が揺らいできた。その現象は、「作者」の位置づけの根本の変化である。ただ、「作者をうたう」という狭義の意味から抜け出せなければ、つまり、「作者」という軸を動かせば短歌ではなくなるという思いを捨てられなければ、作品構造の変化がその広義の意味を求め出したことに気づかず、困惑のなかに佇んでしまう。

具体的に、四区分した時期の構造の変化を図にしてみた。

「作者」と「対象」の関係において、A〜Cの時期とDの時期の間に大きな変化がある。それは「作者」が何を伝え、「読者」が何を受け取るか、意識の変化でもある。

図における「作者Ⅰ」（＝「対象」としての「作者」）と「作者Ⅱ」（＝〈作者〉）は、本来同じ「作者」をし

〔図〕

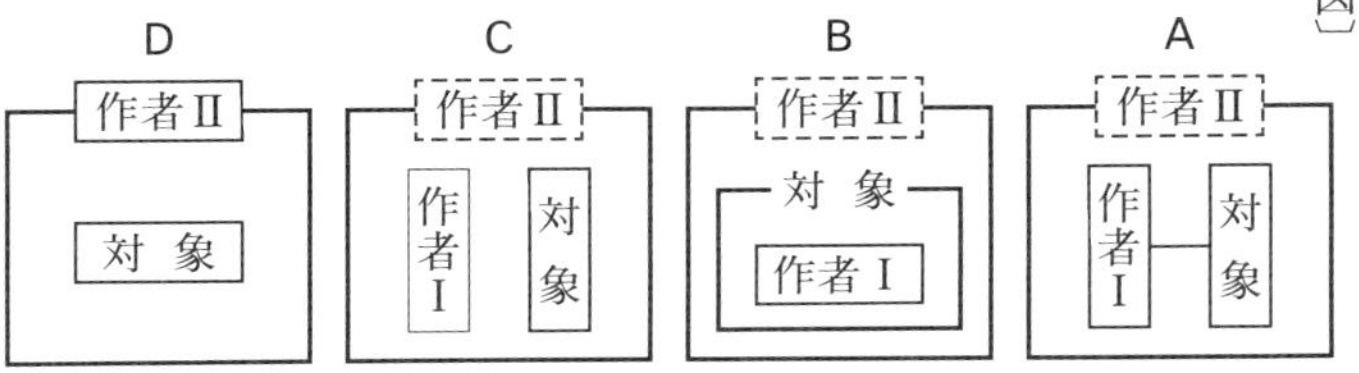

A　「作者Ⅰ」と「対象」が直接の対応関係にある。オノマトペ等は「作者Ⅰ」の心情と本来の言葉の意味の二面性。

B　「作者Ⅰ」が「対象」に入り込み一体になる。オノマトペ等は「作者Ⅰ」からの意味・心情と本来の言葉の意味の二面性。

C　「作者Ⅰ」と「対象」は対応関係にあるが、距離をもつ。オノマトペ等は「作者Ⅰ」の乾いた心情と本来の言葉の意味の二面性。

D　「作者Ⅰ」が取り払われ、「作者Ⅱ」と「対象」との関係ができる。オノマトペ等は本来の言葉の意味。

めす。A～Cの時期では、「作者Ⅱ」が「作者Ⅰ」と重なり合うためにその存在が見えず、「作者Ⅰ」が取り払われたときに「作者Ⅱ」が表面化してくる。「作者Ⅰ」がいないので作品が理解できないということではなく、「作者Ⅰ」をとおした読みから解かれたことなのである。つまり、読みが読者に託されたことを意味する。オノマトペ等も本来の言葉の意味として機能し、そこには、読者ごとの心情が入り込める。

　私性の問題において、これまでいろいろと論じられているが、作品上の私性、つまり「作者Ⅰ」の検討がされ、行き詰まっている。「作品の背後に一人の人」（岡井隆『現代短歌入門』大和書房、昭和44年）の広義の部分を考えることで、今までの私性の問題に広がりができるのではないかと、可能性の一断面をみてきた。

（「BLEND」創刊号、二〇〇二年八月）

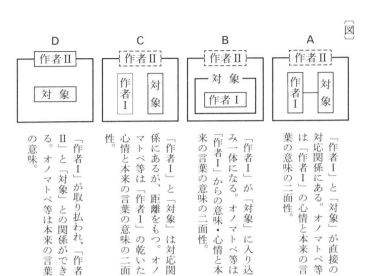

短歌形式における「われ」の表現パターン

　短歌を作り始めたころ、感情や思いの丈を直接言葉にしていた。その重さに疲れていたとき、作品を読んでいると苦しくなるといわれた。やはりそうかと思い、ふと「われ」を取ってみた。なぜ三十一文字しかないのに二音分の、作り手自身を指す「われ」を入れるのだろうかとも思っていたので、躊躇せずに取れ、すっきりとしたのを覚えている。その後、短歌はわれを中心にして書いてゆくものといわれたが、もう重たさに戻ろうとは思わなかった。「われ」を記述しなければ本当に短歌ではないのだろうか、「われ」に限定することだけが表現なのだろうかという疑問もあった。

　とくに、所属していた加藤克巳主宰の「個性」という結社は、文語、定型（五七五七七）であることに緩やかなところだった。それがいいかどうかは、考え方によって違いはあるだろうが、あまり制限がなく言葉に真向かえたことで、短歌に魅せられてきたような気がする。

　このような経緯のなかで、「変わっている」といわれてきた。「変わっている」とは、どういうことなのかといつも問いが残った。それを導き出す一つの切り口として作品上に「われ」が歌われているかどうか、あるいはどう歌われているかを見ることに固執してきたように思う。例えば、

晩夏光おとろへし夕　酢は立てり一本の壜の中にて　葛原妙子『葡萄木立』
青梅がぽつんと土を打つ音に遠い歳月がある　山崎方代『右左口』
鶴の足　かなしみのあし　むらさきのつゆくさ蹴って発つときのあし　加藤克巳『球体』
六月の空を流るる水の音蓮唐草の朝鮮の壺　岡部桂一郎『鳴滝』

泥つきし南瓜が一つ山手線新宿駅から五反田まで行く
高瀬一誌『火ダルマ』

これらは、作品上に「われ」を主体として歌うことを目的にしていない。むしろ、歌う歌わないという観点で作られてはいない。また、三、四首目だけがいわゆる定型で、後は字足らずとなる。しかし、これらを短歌ではないとはいわない。「変わっている」けれどいい作品といわれるものだ。

人の群うごける十字路さみしきにその厚き耳その薄き耳
葛原妙子『薔薇窓』

手のひらに豆腐をのせていそいそといつもの角を曲がりて帰る
山崎方代『右左口』

植物にうづめし胸のおくふかくあさのテラスがあをくゆれてる
加藤克巳『螺旋階段』

秋あかき空のまほらに重々と白波あがるときのさびしさ
岡部桂一郎『鳴滝』

酢一滴おとすたちまちおとなしくなるオコゼがともだち
高瀬一誌『スミレ幼稚園』

また、「われ」が作品上になければ、それを補って読むという暗黙の了解があるといわれている。それぞれに補うと、例えば「われさみしきに」「わが手のひらに」「わが胸」「われのさびしさ」「われのともだち」となる。状景に主体がはっきりと見えてくる。

「われ」を軸とした作品を受け取ることができる。しかし、そのくきやかな輪郭は、限定されないときにある広がりを消してしまう。補うという暗黙の了解は、その広がりを求めないことになる。それを必要とせずに「われ」を読み込むことをしなければ表現できないものとは何か。

定型というなかに例外を受け入れてゆくことや「われ」を補う解釈の仕方。それは一般によく言われる日本の曖昧さが、言葉の柔軟さとなって現れている部分なのかもしれない。そこで成り立ってきた良さは確かにある。字足らず、字余りという言葉が定着しているように限りのなかで例外を受け止めようとする。これらはその前向きの言葉であり、定型を絶対視していない言葉の現われでもある。

しかし、こうした柔軟さは新たな問題にぶつかるとそれを通すことの説明がしにくくなり、目に見えない何かがこぼれてゆく。

もう少しなぜかを問えば、混沌とか断絶という枠の内と外の領域を分けることから開かれてゆくように思う。

＊

短歌において、「われ」という言葉に敏感であり続けてきた。従来の作り方では、作品上の「われ」と作者は同一だった（個々に微妙な関わりの違いが含まれても多くは）。それが虚構の方法がとられ、作品上の「われ」に第三者という読みを与えることで、自己の意識が二分された。このことは短歌の世界に大きな動揺を与えた。しかし、この揺れは「われ」が作者ではないときもあるという認識をもたらしたが、一方で作者にそった解釈は強く残った。この方法は作品上の「われ」の位置を第三者に渡し、芸術舞台として作品が機能する可能性を示したが、作者と事柄の関係の取り方や読みの側の解釈がうまく定着しなかったため、本質的な理解が得にくかったのだろうと思う（むしろ、先にあげた「われ」を歌おうとしない作品の方が、作者を離れた読みを提示している）。

ここに招いた自己の意識は、それ以降作品上において自己を問う表現が試みられてゆく。「われ」を囲む事柄をその外の領域に対応させることで、自己の存在を確かめる方法を生んだ。「われ」を軸とした景を他の景で測るような、つまり上句と下句が割れ、「われ」を軸とした上（下）句が状景だけ示されている下（上）句につなげる手法をもつ。「われ」という軸が一首を貫かなくなった。この方法には自己の存在を直接否定しがたく、他に測ることで存在を確認する視点がある。それを通過して、自己の存在自体を直接揺さぶる方法が生まれる。作品上の「われ」は作者に限定されず、曖昧さの残るものを残るものとして受け入れている表現や、「われ」自体が見当たらず状景だけのもの。また、記号が主体となるような言葉の組み合わせや記号のみで作られる手法をもつ。ここで初めて、先にあげた「われ」を歌うことを目的としない作品は、「変わったもの」ではなくなったと理解することができる。

虚構の方法によって示そうとした、自己あるいは人間の存在の問いかけから始めようとする表現は、「われ」という軸を揺らし、捨てたときに初めて得られたといえる。こうした過程を経るのは、「われ」を軸とする自己肯定の表現形式と理解されやすかったため、形式上自己という存在への疑問、否定といった手法を取り入れることの難しさがあったからと思われる。

＊

これまで作品上の「われ」に関して何回か書いてきたなかで、作品上の「われ」の有無による幾通りかの分類（「ＢＬＥＮＤ」第一号、二〇〇二年八月）は意味をなさないこと、作者が本質的に何を表現しようとするか、作者の根本において人間としてあらしめているものを探ろうとするとき、その視点に固執することだけでは捉えられないことなどの指摘はあった。このような意見は当然あるものと思う。この作業と作者の本質的なものを探ることとは必ずしも一致しない。それならば、こうしたことは有効かといわれるかもしれない。けれども、この分類を問題意識から捨てることはできないできた。短歌にとって重要とされてきた「われ」、そこに生まれる言葉の組み合わせの特色をどう捉えればいいのか、どのように整理すればいいのか、少しの迷いがないわけではない。

形式のなかに「われ」がどのように表現されてきたか、それは言葉が形式にどう受け止められてきたかを探ることでもある。定型の「限られた言葉」にもかかわらず、そこには限りない息づきがあり、自在に動き出す不思議さがある。形式にありながら留まらない言葉、そこに綴られる言葉とは一体何だろうか。

＊

「表現主体と作品上の〈われ〉」（同第三号、二〇〇三年四月）において、作品上の「われ」の作用を考える上で、正岡子規『竹乃里歌』の一連「われは」を引用した。この一連九首中八首ではすべて結句に「われは」が倒置されている。この方法は、結句の「われ」を異常に立ち上げ、執拗に「われ」を確認し、意味を問うように見せている。主体が明確に規定されていない状景に「われ」をくきやかに描く。それは作者の存在を曖昧にせず状景に位置づけており、そのことから「われ」の記述の有無によって作品から提示されるものが違うことに触れた。

この歌集全体の作品において、状景を歌ったものあるいはそこに「見る」など作者の動作と状景の関わりを示したものが多い。それに比べて「われ」を記述するものは少ないが、とくに題詠や連作という一連の組み方において、意識的に「われ」を詠む方法がとられている。そこに、作者の輪郭を描くことの意味とは何かを問う視点が感じられる。

拙稿に関連して玉城入野氏から手紙をいただいた（二〇〇三年六月十六日付）。そこには「われ」の一連について、子規は「われは」という型式を入れる、という意志を以て作っているので、結句の「われは」を消しても作品が成立すること。また、型式とは〈われ〉という自己に対して他者なので、「われは」＝〈われ〉ではなく、「われは」という型式自体は他者であること。そして一首が成立するとき、「われは」とその前の句が相互補完し、作品上の主体が作者であることを認識させられ、「われは」が単なる型式を超えて前の句と接続してわれ＝子規となることなど書かれていた。

子規が「われは」という型式を入れる、という意志を以て作っているから結句「われは」を消しても作品が成立するという解釈は興味深かった。とくに、一連の倒置による「われは」を「型式」とする捉え方は、子規の自己への意識が二分されていることを指摘しており、短歌の「虚構」における「われ」の理解の仕方につながるものと思う。

この「われは」には存在を事柄に確認し位置づけてゆきながら、「われ」の表現を理解しようとする子規の独自な視点がある。これが結果的に自己の意識を二分させており、さらに作品上の「われ」に第三者を受け入れる虚構の手法（「われ」が必ずしも作者を示さず一般化される）との接点が見える。そのような方向をもった作品上の「われは」を、玉城氏は「型式」という言葉で示唆している。

＊

短歌形式のなかに、「われは」という「型式」を入れる二重構造は、虚構の方法によるものが内側から与えた枠であるとすれば、外側からの枠という見方ができると思う。それは、私のなかでつぎの展開を生み出すきっかけとなった。

「われ」の表現において特徴的に現れる言葉の組み合わせによる幾通りかの分類は、定型という形式のパターンと考えれば理解できるのではないかと思えてきた。パターンにおける「われ」の表現は、とくに作者の根本において存在のありかたを支えるものに直結するのではなく、形式内の言葉の有り様をいい、例えば洋服の流行の型のように捉えることができる。パターンに現れる言葉の組み合わせで終わるか、そこから作者の本質と触れる部分を提示できるかは個々人による。

このパターンの違いは表現するものに影響を少なからず与えている。前々回（同第六号、二〇〇四年四月）の今野寿美は、基盤となる「われ」の表現における言葉の組み合わせの基本パターンを手放すことで、逆に基本となるパターンにおける何を手放せないかを確かめており、前回（同第七号、二〇〇四年八月）でみた岡井隆は、基本のパターンに別のそれを駆使し、技法の多面的な可能性をみたといえる。パターンは洋服の流行のように、求められる時代の言葉がそこに反映されている。

作者が基本パターンをもちながら、それとの葛藤や他のパターンを取り入れようとする柔軟さがあるのは、定型三十一音など表現の制限が課せられているため、少しでも自らの新しさにつなげようとするからなのだろう。だから、どうしても使いこなせないと思ってしまうパターンが出てくると逆に拒絶反応をしてしまう。けれど、その言葉の組み合わせを理解すると使えないわけではないし、自らの基本パターンや表現の根本を捉えているならば、新たなものに使われてしまうこともない。そこには時代的なことで起る断絶などはない。

例えば、スーツを着れば公的な場の服装と見做されるように、またボディーコンシャスなどのファッションは、それを身に付けると一応その流行に納まって見える。ここには、素材の組み合わせや洋服の型などに一定の決まりがあった。けれどもそうした型が崩れ出しており、例えばジーンズなどの上に短いスカートのような薄い布などをまとうといったファッションを見ると、素材の組み合わせや長さのバランスが取りにくく、個人による違いがはっきりとして着こなしの複雑さを思う。強制的な型があった方が、そのファッションらしく見え、ある水準を保てる。しかし、同じ型を着ることが目的ではなく、型をずらしたり崩したりと今までのような決まりや型を否定する方向にあると、それらに支えられていた部分が、個人に託されるようになる。

こうした動きは、短歌の表現においても見られる。新たなパターンの言葉に触れたときに異質な感じを受けるのは、道に座り、公共の乗物で化粧をする風景を見たときの違和感に似たものがある。全体のなかの個という意識とは違う、何か別の枠をもった言葉が生まれている。今まで捉えてきた「われ」は、外界や他者に対して自己が存在しているという自我意識からのもので、それが揺れ外れたパターンの後に新たな言葉の質感が生まれている。

その言葉は自己の内を辿るような、身体の内側の粘膜が臓器の表面を辿るような質感をもってくる。何度も剝がしても使える柔らかい材質の接着面の手触りというように。そこに「われ」という言葉が使われていても、作品上の「軸」とは異なる新たな切り口が必要となる。
　これまで、空間や見えない言葉などを引き出す「言葉の力」は重要であったけれど、それがなくても「われ」を詠み込むことや韻律などから引き出されるいわゆる短歌的抒情によって言葉が支えられていたため、崩れが見えにくかった。しかし、そのような言葉を求めておらず、「言葉の力」や存在のありかたを支える機軸がないと立たないパターンをもつため、より言葉の表現者としての立脚点をしっかりともっていることが必要とされてくる。現在の若手は短歌が下手になったという声が聞かれるのも、こうしたパターンによるところが理由と思われる。また、朗読、音楽などのコラボレーションや、詞書きを多用したりという、場によって支えようとする方法が試みられるのは、その言葉の特色との関わりがあるためなのだろう。
　これまでの言葉を支えていた幾つかのパターンと新たなパターン。短歌形式とは一体何か、新たに問われ始めなければならないと思う。

蜉蝣は薄い柔らかな羽根とその下からつんと伸びる硬質の胴と尾をもち、遺伝子による均整のとれた装いがある。私たちもまた基本パターンをもちつつ、内につんと貫く芯と言葉を育ててゆくことが、一人一人の営みを強固にする。

（「BLEND」第八号、二〇〇四年一二月）

「白紙」という柔らかな問い

――針生一郎著『言葉と言葉ならざるもの』から

梅雨の晴間、ふと思い立って山下公園へ立ち寄った。横浜港に沿って長く作られた公園には間隔をあけてベンチが置かれ、そのほとんどが港を向いている。道幅も広くあり、人の通りは普通の日でもそう途絶えることはない。港に向くベンチだから、みな港に向かい座っているのだけれど、とても不思議な空間に思えた。一つのベンチに一人か、二人いても他人のようで、歩く人も話をしながらゆく一団が過ぎると、また一人一人しずかにゆく。鳩や雀もある範囲をもって個々に歩き、餌が投げられると、瞬時に集まり、激しく塊となる。そして、また、散らばってゆく。

一歩一歩の歩幅のなかに生まれる空間が空気の呼吸として作り出されているように、それらがあたりの風景のなかに塡め込まれてゆくように、その微妙な織り目が波の間につながり、とおく対岸へ引き伸ばされる。そんな日常の、個という間に生まれた呼吸が広がりを作り出していた。

この公園に隣接している場所で、評論家の針生一郎氏と初めて会った。窓外の港のとおくを見詰めながら話し始めて、ゆっくりともどしながら目を会わせて終わる。その、繰返しのなかで作り出される空気の幅は、公園や港に生まれてゆくものと重ねられて思い出された。氏の書物の言葉は、多くの素材を丁寧に織りなして一反の布を編むように紡がれている。物を言う評論家というよりも、問いかける評論家と思う。一点の極へ向かって答えを出そうとするのでなく、人間の惑いつつ抱える幅をそっくりと動かぬ本質へと統合させる、その過程を見せてゆく。一つ一つの素材へ向ける眼差しがある。それらの素材を結びつけるみずからの位置の置き方がある。

■白い空間

『言葉と言葉ならざるもの』(三一書房、一九八二年)は、詩人ステファヌ・マラルメの「白紙」の話から始まる。詩を書こうとして一語も浮かんでこない恐怖と不毛感から生まれる「白紙の悩み」を持ちつつ、晩年、純粋な作品は、語り手としての詩人の消失を内包し、語に主導権をゆずり渡すこと。また相互反映する語の間に「沈黙」が配置されるというような自覚がなされていったことをあげ、針生は言葉に呼び起こされる「沈黙」のうちに初期以来の「白紙」の観念が凝結していると述べる。

その「白紙」について、リチャード・ウォルハイムが、「詩の同一性は、詩人の創造行為から生まれた言葉の一定の構造」にあって、それが「白紙」に欠けていたため、「美術作品の同一性は現にそれを構成する素材としての物質にある」ので「絵」と示すことができたはずだと語ったこと。またマルセル・デュシャンのレディメイドによって一品制作であるはずの美術にも「観念と作品との分離」が生じたことを経て、ウォルハイムは作品の個別性が素材や制作方法によるという現代美術の傾向を説明していったことに触れ、一般的な先入見を離れ、石ころやブロンズのかたまり、カンヴァスや白紙のような、個々の断片に注意を向けてゆく必要性などを紹介してゆく。

ここで針生は、マラルメの言葉と物体(白紙・沈黙)との葛藤に視点を向けて、デュシャンのレディメイドも「観念と物体」の間に分裂を現わしたとき、言葉の問題に突き当るという。デュシャンの作品の題名やノートやしゃれが、言葉を既成品として利用しながら、その慣習的な意味を断ち切り、未知の記号に還元する、これは近代芸術のなかの社会的分業にもとづくジャンルの境界をこえて、「呪われた詩人たち」の探究に直結し得たのではないかと述べる。「錬金術師」とか「絶対の探求者」と呼ばれる詩人たち。みずからの時の空間のなかで素朴に言葉を紡ぎ、純粋に言葉への感覚を守り続けた「呪われた詩人たち」。「詩の危機」のなかでマラルメが、「純粋な著作の中では語り手としての詩人は消え失せて、語に主導権を渡さなければならない」というように、そこには「語り手（詩人）」と「言葉」の分離する関係を読み取ることができる。それは語り手による意味の指示がなくなり、「語と語はたがいの反映によって輝き出す」という語の自由なかかわりがある。こうした関係が、慣習的な意味を断ち記号化される言葉につながることを針生は示唆する。

「言葉と白紙」あるいは「観念と物体の分裂」へ向けられた針生の問題意識は「空間」を捉えている。マラルメにとって白紙が、「絶対」と「言葉」との断絶を示し、また言葉の解体をとおして「絶対」に達するための手がかりとも思われたのだという指摘は、白紙が「断絶」と「連結」を含む二重の関係の潜む空間であること、そして作者の作品とかかわる新たな方向性が示されている。

もの空間には可能性が秘められ、ものが新たな価値を与えられるまでの深い時が流れている。針生はこの見逃されやすい空間の時へ眼差しを向ける。けれど「空間」はどのようなものの間にも存在する、けれどもそれは既成の価値観のなかに埋もれて、見えづらくなっている。その空間に気づいたとき、新たな価値に出会うのだと思う。

■織糸の光

「西陣織102歳のプロデューサー」という源氏物語絵巻を織物で再現するドキュメンタリー番組があった（NHK、二〇〇四年一月九日）。織物師と染物師とともにじっくりと時間をかけ、決して妥協しない仕事をする一〇二歳の織元、山口伊太郎の話だ。

満開の桜の花びらの色がうまく出せずに悩んでいた。桜は蕾のときは鮮やかなピンク色だが、満開になると白に限りなく近い。花びらの色糸を染めては織り込むが納得がいかない。悩んだ末に花びらの糸の色ではなく、桜の木の背景の空間にプラチナ箔の糸を織り込むことを考えつく。その糸のほのかな反射によって、満開の花びらに白に見紛うほどの淡い色を見せた。

　本体ではなく周囲の空間に変化をつけ、花びらの自然界の色を浮き上がらせた。桜の花びらを息づかせる方法を空間のなかに発見した。ここに空間と本体の親密な関係を見る。

　このとき、短歌における言葉以外の「みえない言葉」によって動かされてゆく風景を見ているようだった。そこにまた、「白紙」を「沈黙」として手放さなかった言葉とのかかわりを思う。

　言葉が息づくことは、言葉本体を突き詰めることだけでなく、その隙間に生まれる言葉、「空間」の存在が大きく作用することをプラチナ箔の糸が示している。本体を取り巻くものを含めた視野の広がりから、ものが生み出されることを深く思う。

■改行による空間

三行書きの作品は、視覚的に一行書きのものよりも言葉と空間とのかかわりを捉えやすい。言葉の意味から改行をしたとしても、切れることで広がる空間の存在が見えてくる。

たんたらたらたんたらたらと
雨滴《あまだれ》が
痛《いた》むあたまにひびくかなしさ
石川啄木『一握の砂』

新《あたら》しきインクの匂《にほ》ひ、
目《め》に沁《し》むもかなしや。
いつか庭《には》の青《あを》めり。
『悲しき玩具』

　一首目の改行には意味の区切れのよさがあり、雨滴の音をむしろ楽しんでいるかのようにもとれる。けれど、言葉と空間を含めて捉えてみると、しずかに持続する痛みが感じられてくる。「雨滴が」のあとの空白には、「たんたら……」の音が優しくリフレインし、痛みを引き受けているようだ。たとえば「痛むあたまに」が直接「雨滴が」に続くならば、痛みも悲しさも強く響いてくる。

一首に改行を取り入れたことで生まれた空間は、知らぬ間に言葉を衝き動かしてゆく。啄木は思いもよらず、空間の存在に深く向き合わざるを得なかったのではないか。

第二歌集『悲しき玩具』になると、その空間に強い意識が働く。つまり句読点やハイフンなどが多用されてそこに指示を与えている。意味による改行で生まれた空間の影響に気づき、その広がりを制御し出す。そこでは改行でできた空間に、さらに記号を填めるという、二重の操作がなされている。三行書きの方法をとった啄木は、空間と言葉との間で戦い続けていたようだ。

次の岡井隆の作品は、改行による空間の影響を計算して作っている。最初から啄木よりも意識的に挑んでいる。

ぼんやりと
灯のともる
部屋ひろす
ぎてぼんや
りとした仕
事してゐる

やはらかに
皮膚に従ふ
風いでて
石を積みたる
街を行きたり

岡井隆『伊太利亜』

「ぼんやりと」は、灯、部屋、仕事、作者へと滲んでゆくようだ。その風景を四角に形作ることで、ぼんやりとから抜け出そうとする。また抵抗しようとする姿勢を空間に強く託す。文字を形作ることつまり図として視覚に訴えるとき、同時に「空間」の存在を目と「みえない言葉」から捉えさせている。

二首目。柔らかに皮膚に従うのは風だけでない。ここでは句切れと意味の切れ目で改行されてわかりやすく、作者の意志も素直にある。言葉により作られる形も、無理に四角に納めようとせずに食み出た文字はそのままにして、文字も空間も緩やかにかかわり合う。

岡井は言葉を切り、生まれた空間に風をおこし、言葉を展開させる。そこには言葉だけでなく空間に向けられた眼差しがある。深く言葉が動いてゆく意味を承知している。

＊

一首のなかで一字あけなど空白によって言葉が途切れることを短歌では多く好まれないところがあった。しかし、空白は言葉が途切れるがまた新たなつながりとなる空間でもあり、そこに何かが醸し出されてくるまでの言葉の耐久性、柔軟性を見ることができる。その空白はプラチナ箔の糸を編み込む空間と同じように、新たな言葉の広がりをもたらしている。この「言葉ならざるもの」は、言葉の領域を広げ、短歌の無限の豊かさを見せてくる。

■プロデューサーへの転換

デュシャンや伊太郎は職人という立場にいる。材料を組み合わせ作品を作り出す、ものをプロデュースして作品を仕上げてゆく。そこに個々の物体を自己の問題意識や問いかけのなかで内面へと統合するようにつなぎ合わせてゆく。プロデューサーとは、鑑賞者の関心を自ずと作品の奥深くある本質へと向かわせ、「本質」を身近に意識させる道筋を作る仕事なのかもしれない。

こうした関係が短歌においても生じている。作品に作者（語り手）である「われ」が削除され、それによる濃厚な意味も取り払われる。言葉は物体として組み立てられ、記号化された世界が形作られてゆく。

たとえば、辞書というデパートにある言葉を買ってきて、自分の短歌の形式に嵌め、作品化する。そのとき、作者（作り手）が言葉に独自な飾りをつけデザインを施し、みずからの言葉とする。そのため作品のなかに言葉と作者（語り手）は強く結ばれてきた。しかし語り手が消えることで、残された言葉は物体となって機能するようになる。つまりそれは、作者（作り手）を物体を組み立てるプロデューサーの立場に置くこととなる。

　このことは、私文学といわれてきた短歌が脱ぎ捨てることがなかなかできずにきた「われ」、つまり普遍的と思われた作者（語り手）という主軸がはっきりと取れない限り、捉えることができなかった。作者（語り手）を他者として考えるいわゆる「虚構」の考え方、作者（作り手）＝作者（語り手）と断定できない揺れをもつもの、記号的な「われ」などと軸の揺れはあったが、従来の作者（作り手）＝作者（語り手）の関係が根底に強くあり、そこから抜け出ることは難しかった。そのため、作者（語り手）自体が作品から消去され、作者（作り手）がプロデューサーとなることを理解して、はじめて作品との分離を捉えることができる。

　読みにおいても物体としての言葉を通して、作者（作り手）の本質を捉えるという方法に転換されてくる。これはデュシャンの営みが、美術界のそれまでの枠を取り去ることで生じた「観念と物体の分裂」によって、美術家の本質が作品を支える中心に強く押し出されてきたことにつながる。

　また針生がイヴ・クラインに触れた箇所において、彼が線と、その結果である輪郭、形、構図などのすべてに反抗し、色彩のなかに自由があること、そしてモノクロームの空間に、絵画のもつ無限の可能性のなかに進んだと語る部分をあげながら、彼がその方向に「真の非定形絵画」を見ており、「眼にみえる要素」と「みえない世界」を両極に分け、絵画に内在するエネルギーを解放しようとし、そこに「物質としての絵画はみえない空間の「公正証書」であるという思想が生まれ、「精神的流体」を直截に現前させる「非物質絵画」という観念が生まれる」こと、それは「マラルメの白紙の観念の延長と見られると同時に、絵画が本来もつ記号性を究極的に自覚したことにほかならない」と述べる。

　線の作り出す外郭を取り払い、たとえばインターナショナル・クライン・ブルー（ＩＫＢ）を人体に塗り、紙に刻印する方法によって、そこから現われ出る「精神的流体」を受け取らせようとする。それまでものの外郭として描かれた線がなくなり、大きな支えとなっていた枠がはずれたときに、奥深いところで作品を支えていた本質が出てくる。

短歌においても主軸が削除された構造となることで、「精神的流体」がそれにかわって作品を支えるようになる。その作り手の本質を読者も読み取ろうとする。作り手が何を主調しようとするか、その本質があやふやであればあるほど、記号化された言葉が行き場を失って作品の薄い層に沈殿してしまう。言葉が滞りを見せれば、みえない空間もまた不透明になる。

デュシャンやイヴ・クラインの営みによる表現の枠組みの転換期と同じような現象が、主軸である作者（語り手）が取れたときにはじめて見えてくる。つまりデュシャンの制作者としてのかかわり方やイヴ・クラインの線という外郭を排除した方法は、短歌でいう語り手「われ」という主軸が削除されることと同じ意味をもち、それまで普遍的と思われていたものが崩れた瞬間でもある。

短歌では作者の思いをどう解釈するかという点に重きが置かれていたため、言葉を記号という物体として扱うことより、作者の息づきとして捉えられ、本質へ向かう眼差しはしずかに心音に畳まれて、一般に構造の側面の問題は遠ざけられていた。「われ」は常に親しく読みの芯であり、「構造の主軸」と呼ぶことで消されてしまうものをむしろ大切に守ろうとしていたために、なかなか変化が受け入れられないできた。

語り手「われ」が消えて芯をなくした摑み所のなさが感じられて、軸が取れたという意識が一般化したときに、何を芯に読み取ればいいか迷いが生じた。私を詠むあるいは解釈するという意味において転換期なのだと思う。そのとき「精神的流体」の存在が大きく意識されてくる。ものの本質へ真向から意味を深く考えてゆく時期なのだろう。

＊

限りなく変動してゆく言葉によって新たな表現が生まれ続ける。言葉に隣り合わせる空間も言葉や「みえない言葉」の動きのきっかけを招いたり、後押ししたりしながら伸縮し続けている。だからこそ、空間の存在を確かめながら言葉たちの熟成を見極める大切さを思う。

針生は、鮮明なものへ焦点を合せるのではなくその隙間へと向かう。あわいを見続けようとする。美術の世界でも、言葉の世界でも、すべての世界でそこに生まれるものがある。ずっとそのなかでものが考えられ、新たな価値が与えられてきた。そうした営みの深さに真向かいながら、空間に生み出されたものによって世界が幅をもって流れて来たことを語っている。

たとえば、分業へと向かう事柄に行き詰ると次は総合的な見方へと大きく転換する現在だけれども、狭間の空間で広角的な視線は育まれてきており、時の誘いでグローバルなその見方が迎えられ出している。多く人は急転回して見える「事柄」に乗っかって次の方向へ行ってしまう。しかし、また空間は時のなかに柔らかに生まれて、しずかに呼吸しはじめている。

形作られた明確な外郭へ眼が向けられていると、たとえばピカソの「泣く女」に描かれている泣き叫ぶ女の涙の散らばりが、「動きを平面の空間」にしたように、またデュシャンの「階段を降りる裸体」にある連続シャッターの一齣ごとのつらなりの「秒速に畳まれた移動する呼吸の幅」は捉えられない。そしてイヴ・クラインの「人体測定プリント」にあるモノクロームのひと型を越えた「大気の層の深い躍動と佇みの空間」は生まれない。

「白紙」の問いかけは、もののなかに生まれている柔らかな空間の存在をそっと気づかせる。そして、針生はその沈黙の言葉をひとひらひとひら開きながら、ものの育まれていることをしずかに語り続けている。

＊参考文献
『筑摩世界文學大系48』（筑摩書房、一九七四年）

『イブ・クライン展図録』（財団法人高輪美術館他、一九八五年）
『現代の絵画24』（平凡社、一九七六年）

（「BLEND」第一〇号、二〇〇五年八月）

まどろみの季

たぶん九月は、まどろみの季節と思う。夏の熱が土深くあって、秋風が吹いても人のからだはそのはざまにまどろんでいる。

この夏やものものしくて老い深む萩野へ越ゆる境見えずて　岡井　隆

「見えずて」の音のざらつきは、夏から秋へのその空間にいる人間の、意識化された惑いの音。ものの境はとろとろとして、萩野に広がる光と風がなんとなく重なり合って、空気を生み出している、そのまどろみに身を添わせ佇むなかで、心の触覚を吹く風に漂わせている。

関東はいつまでも肌に残る汗の湿感がある。この季節の鎌倉の極楽寺はいいとY氏に誘われ訪れた。そこに、夏の光を蜻蛉の羽が透くような庭があった。風もひかりに戸惑って、言葉にはない「きせつ」が生まれていた。

咲きつぎしアベリアにいま秋の蝶さわがしく
来て小花に垂るる　　花山多佳子

どこからともなく、風が吹いているような、あちこちと花選びする羽ばたきが、風を作るようにして、やっと見つけた花につかまる。その花揺れがおさまったときの、静まりのなかの蝶。秋への風を確かめて、蝶は時のはざまに刻まれる長いときを生きている。

鉄柵にとまりてゐたる夏帽子白きひとつのす
ぎゆきおもへ　　小池　光

夏の暑さを白い帽子の光に変えて、忘れられたまま。姿や香りが詰め込まれ、鉄柵で待っている。落としものを誰かが柵にかけておいたのだろうが、落とした人に出会ったような気がする。あるものから切り取られてしまったものが、そこから独り歩きする。

風景のなかの蝶や白い帽子は、言葉のなかで、まどろみの空間をまとい作品の主人公になってゆく。

りんりんと秋は鳴らずやものなべて尖れるも
のにあきはならずや　　浜田　到

秋は、りんりんとした音でもなく、尖るものでもない。聴覚や視覚からも摑みにくい、焦点がなかなか定まらない季節。漢字・ひらがなのどちらにも描きにくい秋がここにはある。けれど、耳元にりんりんと音が残るのは、どうしてだろう。

この季の空間を知る人の、心の眼差しから生まれるものが、風景に息づいてゆく。もしかしたら、そのまどろみを伝えたくて、言葉を紡ぐ仕事をしているのかもしれない。
秋がもの淋しいのは、晩夏から秋へのときのなかで、心に畳まれた襞がゆっくりと解かれているからか……。あわあわとしたまどろみに静かに浸れば、なにかが熟してゆくのかもしれない。

（「短歌新聞」二〇〇四年九月号）

裸形《らぎよう》はあらわれ来たる
――岡部桂一郎のうた

金木犀の咲く十月、まだ夏のような風が吹いていた。岡部桂一郎の家は、竹のさやぐ高台にある。庭の木に吊られた風鈴から音がこぼれ、対岸の新橋宮古公園の森へと響き渡るようだった。

ここはおれの住み処か　大寒の夜の小さき火事見て戻る　『戸塚閑吟集』
くらやみの部屋手さぐりに入りしときわれのベッドはくれないとなる

これらは、「戸塚閑吟集」一連で並ぶ。「小さき火事」は、「くれない」と同じような触感がある。遠く橙色の火も、やっと辿りついたベッドのくれないも、暗がりのなかのほのかな私という存在への手応えとしてある。火事をこう捉えると誤解を与えるかもしれないが、さらにこれらの前には、つぎの作品がある。

目の見えぬ老いたる人に二歳児の孫は玩具のラッパを吹けり

老人の暗闇にラッパの音は、孫の息づきと、みずからの場との距離を伝える確かさでもある。「おれの住み処か」と自身への問いは、火事を不幸な現象と捉えるのではなく遠く小さな火の場所に人の暮らしがあること、人の息づく生、存在として捉え、みずからの居場所である「ここ」を確かなものにしようとする。岡部の眼差しは、深く語らぬものを抱いて、事柄と距離をもった言葉を生んでゆく。

くれないの紅葉をひとつ手にもちて幼子いたり夜の垂直
『戸塚閑吟集』

天を指す樹々垂直に垂直にして遠く小さき日は純粋なり
『綠の墓』

くれないの紅葉をもつことで意志をもち、真っ直ぐに立つ幼子が見える。また、天を指すように伸びる樹々の姿は、遠くの日に純粋を秘めさせる。『戸塚閑吟集』の作品の暗さにある赤い色合いは、存在の支えとなるような温かみがある。それは、『綠の墓』の清く伸びる樹々の深まりに生まれる純粋な輝きと結びつく。

庭の緑に向く岡部の椅子は、家々の屋根の傾りを越えて、森の深さと真向かう。小学校高学年に、高野山龍泉院で過ごした夏休みの体験で、高野山大学へ進学の思いを抱くようになる。それは断念する結果となるが、深い森は、岡部の心を惹きつけてゆく。

くら闇に物体の山そびえつつ雨にぬれ来し人は火に寄る
『木星』

さきの「火事」と同じように、「物体」は佇ませる言葉だ。こう語らなければならなかったのは、なぜだろうか。

寒々とぬれたる木立　物質の重さたたえて暁にたつ　『木星』
影のごとくたてる木立ちをめぐりつつ夜空にうかぶ黄なるオレンジ

寒々と濡れた木立を物として素材の重さに変換させる。そのとき情景のなかの寒さ、雨、滴りなど木立をめぐるものと関係が切れ、硬質な、物の重さだけが残る。この重さをもって暁に立つと、「影のごとくたてる」と同じ質感をもち、二つの木立は影絵のように、孤の佇みをもつ。めぐりゆく月も孤独な生き物のように動き、息つきとまる。

こうしてみてくると、「物体」という言葉は、暗闇にそびえる山を濃き塊として、存在を印象づけてくる。それにより、「雨にぬれ来し人は火に寄る」から情感が薄れ、無機質な人間像が描かれる。これは、情景から山を引き離し、山という一個の存在を捉えたことで、逆に人間から感情を抜き取る結果となった。

たとえば、正岡子規が『歌よみに与ふる書』において、文明の器械は多く不風流なる者だから、「レールの上に風が吹く」とすると殺風景の極みとなるといい、風に靡くものとの配合を説く。「物体」という言葉は、「レール」と同じ手触りがあり、情景の靡きを拒絶する。

殺風景の極みといわせるものは、いつの時代においても、新たな表現へ導くきっかけとなる。レールは風に靡かないが、光を反射し、みずから発光しているようにも見える。

岡部は靡き合う関係を主とするのではなく、ものが「在る」意味を情景に摑もうとした。「物体」への眼差しは、後に「火事」を通常の意味で捉えさせない表現につなげてゆく。

木々の影みないっせいに北させばわれは立ちたり幼な子つれて　『木星』

とめどなく他界の木の葉　現世の木の葉ちり
　くるこの夕闇に

木々の影の合図に人間が引き寄せられ、木の葉の散る夕闇をあの世とこの世の接点とする。このような見方は、つぎの作品に原点があるのではないか。

木の葉、木の葉、音とどまらぬ鏡面に父の裸《ら》
　形《ぎょう》はあらわれ来たる
『綠の墓』

木の葉が散ったあと、鏡のなかに父のように太い幹の、大きな裸木が現れた。大樹のうちに父を見た。「天を指す樹々」の垂直にある姿に父を感じていたのかもしれず、遠くの小さき日は純粋でなければならなかった。それゆえ、暗がりにある火や赤い色は、「私」の奥へ触れてくる。

木の存在に、幼く死に別れた父親の像を見る。父という存在を純粋な重みに換えて実感する。これが、岡部の存在の捉え方の特色となる。

個という内部へ向うよりも存在を情景から一旦切り離し、純化し、再度情景に戻し、新たな関係にもののありようを描く。それは従来の短歌の言葉の関係が崩れてゆく、過渡期の性格をもつ。

垂直の立木の間ゝにじっと見るほおずき色の
　太陽がある
『戸塚閑吟集』

わが死にし後かと思う野づかさの上にしずけ
　し椎の木と月と
『綠の墓』

ほおずき色の太陽に幼い岡部の眼差しをそっと重ねていたのかもしれない。夕焼けの華やぎから離れた、しずかな東の小高い丘。枝を広げた椎の木と淡い黄の月。寄り添うようにあったなら父と出会えている、そんな思いを秘めたのではないか。

叶わぬものから逃げずにひしと抱いて、今いる場所に立ち続けたのは、枝を張り、太い幹の垂直に立つ樹を父の裸形として追い求め、垂直に立つ意味を問い続けたからではなかったか。

（「うた新聞」二〇一三年二月号）

集合体にある息づき

——子規の写生の独自性

時代を越えて息づいている言葉は、太くゆるぎなく、私たちに新たな見方を考えさせる。明治三十一年の「われは」の一連は、九首中八首、結句が「われは」で終る。

ひむがしの京の丑寅《うしとら》杉茂る上野の陰に昼寐すわれは

菓物《くだもの》の核《さね》を小庭《さには》に蒔《ま》き置きて花咲き実のる年を待つわれは

「俳句的な状景」に「われは」をプラスすることで、「ほら、短歌ぞなもし」と子規にいわれているようで、愉快だ。「われ」という輪郭を太く描き、短歌という構造をくきやかに見せた。現代の短歌の主流は、ここにいう「俳句的な状景」のものが多くなったけれども、それまでは「われ」が作品上に置かれ、大黒柱として、作者、読者から絶大な信頼があった。

短歌の骨格を考えさせる子規の視点は、「配合」という手法にも見ることができる。

「十たび歌よみに与ふる書」には、汽車、鉄道など文明の器械を詠む場合、「レールの上に風が吹く」とすると殺風景になるので、汽車の過ぎたあとに罌粟が散る、薄がそよぐ、あるいは夏草の野末を汽車が走るとするように他物との配合や遠望することで、それが解消されると語る。

　村つづき青田を走る汽車《きしや》見えて諏訪《すは》の茶店は
　すずしかりけり

日暮里村の高台にある諏訪神社の茶店から、田を走る汽車を眺める。青い稲を揺らし走る汽車は風を茶店へ送り、その空間は文明の器械と茶店、人をつなげている。

配合と空間には、新たな関係が築かれてゆく。金属の物体は、周囲のものや空間に関係をもつことで孤立せず、趣きのある風景となる。

　夏菊の枯るる側《そば》より葉雞頭《はけいとう》の紅《くれなゐ》深く伸び立ち
　にけり
　鶏《にはとり》のつつく日向《ひなた》の垣根よりうら若草は萌えそ
　めにけん

「葉雞頭」が伸び立つ勢いに突き上げられて「夏菊」が枯れるように、また「鶏」が垣根を突くことで「若草」が芽を出しはじめるように見える。配合することでそれらの部分に、新しい密度の濃い関係が結ばれる。不可思議に心が躍る、生き生きとした風景が動き出す。ここに、子規の写生の独自性がある。

このような配合は、油絵を解釈する視点と関連する。「六たび歌よみに与ふる書」には、「神や妖怪を画くにも勿論写生に依るものにて、ただありのままを写生すると、一部一部の写生を集めるとの相違に有之」という箇所がある。「一部一部の写生を集める」とは、「部分の集合体」として油絵が構成されていることを捉えている。

色厚く絵の具塗りたる油絵の空気ある画をわれはよろこぶ

「空気ある画」とは、空気の通り道となる淡い空間をいう。それは色厚く塗られた部分を分け、その存在を印象づける。

部分の集合で構成された油絵という視点は、短歌の配合を通して一首の構造を捉える見方に結ぶ。集合体にある個々の息づきが、独自な世界を広げている。

（「うた新聞」二〇一七年一一月号）

解説

髙橋みずほとの出会いメモ

針生一郎

1

わたしはすでに八十一歳、髙橋みずほとは三十以上の年齢差がある上に、戦争体験の有無という断絶もある。彼女の歌集に栞を書くにはふさわしくないと思いながら、うかうかとこの原稿をひきうけてしまったのは、わたしのこれまでのわずかな短歌とのかかわりのなかで、彼女との出会いがかなり新鮮な印象をあたえたせいにほかならない。

戦争中の旧制二高で、わたしは玉城徹と同級だったが、肺結核で一年おくれた反面、徴兵検査でひとり丙種となって兵役をまぬかれた。療養中病院や自宅によく見舞いにきた玉城は、やがて「学徒出陣」で応召した。わたしは軍隊にも軍需工場にも行かない負い目から、保田與重郎の説くますらおぶり（武力攻撃）とたわやめぶり（詩歌風流）の一体化した「神ながらの道」に、観念的参戦の手がかりをみとめ、右翼の大東塾長影山正治が主宰し保田も同人に加わる歌道雑誌『ひむがし』に、ほぼ毎号短歌を投稿してよく掲載された。もっとも、東京で育った玉城にはどんな分野のどんな対象にも即座に対応する明確な批評の視座があった反面、ファナティシズムは体質的に受けつけないと語っていたのに対し、わたしの方は前述の負い目の前に仙台育ちの文化的コンプレックスから、極限をめざすファナティシズムにのみ惹かれがちなことを自覚していたから、内地の兵営にいた玉城への手紙でわたしの思想傾向や作歌にくわしくふれなかった気がする。逆に玉城からは手紙で、萬葉集中の東歌から好きなものを選んで書き送れと要求され、わたしが送った十首ばかりを彼は兵営でくり返し読み、歌の原点をたしかめたと近年廃刊直前の『うた』誌で回想している。

戦争末期、わたしが東北大に入って受講一ヵ月で農村に勤労動員となって以来、八月十五日から数日間の激変までは、何度か書いたので省略する。大学の講義は九月には再開されたが、復員学生であふれる大教室で、「こんな無謀な戦争に敗けることは最初から分っていた」と語る老教授に、わたしは「分っていたならなぜ戦争中に言ってくれなかった」と反撥をいだき、勤労動員が解けた志田村の分宿した農家にいって、稲刈りから脱穀まで手伝った。そこに玉城がたずねてきて、「軍隊のひどさに眼がさめた。君も早く大学に戻って勉強し直せ」と忠告した。彼が農家に置いて行った当時のベストセラー『真相はこうだ』などの昭和史内幕物を読んで、わたしはこんな理不尽な侵略と女子ども老人までの殺戮にみちた戦争を、神話か叙事詩のように陶酔して見ていた自分が、十九歳未満とはいえ許せないと思ったのが、保田與重郎を離れる発端である。ついで一九四六年元日には、昭和天皇の「人間宣言」といわれる勅語が公布され、やがて占領司令部を表敬訪問した天皇が、マッカーサーとならびたつ写真が各新聞の一面に掲載された。だが、わたしの反応は人間なら戦争責任の元凶として天皇制の廃絶、せめて自己の退位を同時に宣言すべきで、それをしないのは占領下に政治権力も軍事権力も奪われながら、なお天皇としての形式化した地位、役割だけは必死に保持しようとする計略で、人間宣言としてはインチキだというものだ。つまり昭和天皇と日本の保守党政府が一貫して戦争責任を回避し、民衆にもそれを忘れさせようとするので、わたし自身はそれに抵抗して右翼から左翼へと急速に転換せざるをえず、わたしにとって天皇制ときり離せない作歌も、その過程でふっつりやめることにした。

もっとも、同じころ正岡子規に読みふけって、短歌を近代市民文学としてあらゆる因襲や派閥から解放しようとする主張に共鳴したという、玉城の短歌・詩・評論だけは自分の指針として読み続けた。東北大を卒業してすぐ、仙台の生家を離れるため東大美学の大学院に籍をおいたわたしは、玉城の勤務する都立高校に専任教師として採用されたため、同僚として彼と身近に接する機会が多くなった。もっとも、その翌年わたしは旧制大学院特有の特別研究生に採用され、東大美学研究室に常勤したため都立高校は非常勤に変ったが、玉城との交際はその後も続き巽聖歌、鈴木孝輔、国見純生、片山貞美ら彼の短歌上の先輩友人に紹介されたり、彼の歌集出版記念会にだけ出たり、一九五〇年代には短歌雑誌に玉城徹論を書いたりした。

ところが、一九九〇年ごろ彼が沼津に移り住んで以来、新著や歌誌は依然として贈られるが、直接会う機会は滅多になくなった。そのせいか二〇〇〇年秋、彼の新歌集『香貫』が出版されたとき、わたしはひどくとっつきにくいと感じたため、久しぶりに玉城に質問の手紙を出して彼から箇条書きの答えをもらい、さらにもう一度往復書簡を重ねた。こうして、(1)短歌に西洋の抒情詩の概念はあてはまらず、むしろ叙事の残欠とみるべきではないか、あるいはフォスターが小説『インドへの道』で述べたように、詩は人びとを通じあう公けの思いを託すもの、というに近い、(2)「しらべ」というとレトリック中心になりがちだから、シンタックス本位に「―調」としてとらえたい、(3)そこでは「観照」ばかりでなく、「逸脱」も大いに重要だ、その両面のあいだに対立はないのに、たとえば山崎方代は作歌上だけでなく生活上の技巧派であることを、世間は容易にみとめなかったなど、玉城近年の基本思想がわたしにも理解された。二〇〇一年、『香貫』は二つも賞を受けてその受賞祝賀会のたびにわたしはスピーチを求められ、『短歌朝日』の玉城徹特集号にも原稿を依頼され、最後には短歌新聞社文庫版同歌集に解説を書かされて、いずれも往復書簡を通して知った玉城の基本思想にふれた。それがある程度説得力があったのか、このころから歌集や歌誌のわたしへの寄贈が一挙にふえたのである。

2

そのなかに今井恵子、髙橋みずほ、吉野裕之の短歌ユニット“BLEND”があり、とりわけ髙橋の「短歌形式における〝われ〟の表現パターン」といった連載エッセイが、玉城の受賞祝賀会のひとつでその娘と名のってわたしに話しかけ、のちに歌集を贈ってきた花山多佳子をはじめ、今五十歳前後の歌人への手引きとしてわたしには興味深かった。ただ「われ」という一人称の呼称の有無だけにあまりこだわると、状況の構造や状況をみる視点に「われ」を内在させる表現はもうとらえきれない。むかし、東京に出たばかりのわたしの下宿で、月一回文学史の研究会をやっていたころ、東北大の女性先輩が記紀万葉の相聞歌を頻出語の統計から分析するのを、同席した玉城徹が「国文学をもっと科学的にしようとすると、相聞歌まで統計で論じるんだからかなわんね」と苦笑していたのを想い出す。そんな趣旨の手紙を髙橋みずほに出すと、彼女から「仙台の風に吹かれて育ちました」という返事がきて、わたしが半世紀以上前あれほど苦にして脱出した仙台のローカルな限界を、いっこう感じさせない発想と表現に心底おどろいた。

わたしが手紙では書ききれないと、その後髙橋が住む横浜に会議で行くとき、よび出して会ったのも、この仙台出身ということに惹かれたせいかもしれない。彼女は“BLEND”誌に同じ住所で記載してある吉野裕之と案の定結婚しており、その日つれ立ってあらわれた。わたしは少し前金沢で見た二十一世紀美術館の開館記念展で、「モダン・アートは近代的自我の確立を求めるが、ポスト・モダンは自我確立の不可能性から出発する」と、やや図式的なキャプションが掲げてあったことを皮切りに、大量消費社会の制度面に反発するあまり他者との関係も切りすてて、あらゆる芸術ジャンルが不毛なアイデンティティさがしにおちいっているのは日本だけで、世界中で自我と他者との連帯回復にむかいつつあることを話しはじめた。だが、途中でわたしの話が砂に水がしみ入るように髙橋に受けとめられることがわかり、「だから〝われ〟の問題ももっとひろい文脈でとらえろということでしょ」と彼女が言うので、それ以上語る必要はなくなった。

実は昨年秋、高橋らと会う前、わたしの妻がガン性脳腫瘍で入院以来ほとんど口が利けず、ただこちらの言うことはどうやら分るので日参中、入院四ヵ月で八月に死亡した。その間、受け答えのない一方的な語りかけの苦しさのはけ口を求めて、短歌をメモすると、戦後六十年間凍結されていたように古風な詠嘆調が噴出するのにおどろいた。“BLEND”のなかでもたぶん最年長で、包容力も大きい今井恵子に歌集を贈られたので、その礼状に自作短歌の一部を添えて率直な批評を乞うと、危機のさなかに自分を客観化する努力はさすがだが、発想から表現まで「定型の罠」にはまりすぎる、という批評が届いた。その通りだと思うが、どうしたらいいかわからない。するとわたしと会ったあと髙橋が、図書館でわたしの評論集『言葉と言葉ならざるもの』(三一書房)を借り出し、アメリカに長く住む英国の哲学者リチャード・ウォルハイムが、ミニマル・アート提唱の前提として書いたマラルメ論にふれた、冒頭のエッセイを“BLEND”に紹介した。マラルメは白紙に詩を書こうとし一語もうかんでこないとき、この白紙こそわが究極の詩として人びとに示したいという「白紙の悩み」を青年期からいだきながら、やがて「言葉に音楽の富を奪還する」大転換で、単語を意味や論理によらず沈黙をはらんだ音色や旋律のように配置して、宇宙の神秘と交響させる象徴詩法に達した。わたしは髙橋に自分がかつて書いた文章をつきつけられて、短歌で「定型の罠」をつき破るためにも沈黙を生かすほかないと悟ったが、それは言葉の能力の問題でもあっておいそれと達成できないから、依然として同じ地点にとどまって模索している。

そのころまで“BLEND”掲載の髙橋みずほの評論には啓発されるが、彼女の短歌実作は字あまりならぬ「字足らず」が多く、読んでいる自分が宙吊りのまま置き去りにされるようで、何ともおちつかない感じだった。だが、今年の春、「セレクション歌人」の一冊『髙橋みずほ集』(邑書林)を贈られて、字足らずといっても五七五七七の五音か七音の一句をあえて欠落させた彼女の歌作は、定型韻律に頼らず詩のエッセンスだけ抽出して投げだすこころみだとほぼ了解した。現にこの歌集には、「完全プロデュース」したという歌人谷岡亜紀の「認識論としての歌」と題した、すぐれた髙橋みずほ論が収録されている。ただ哲学でも芸術でも認識論が優勢だったのは十九世紀で、二十世紀は初頭からむしろ存在論にむかった、というのがわたしの考えである。谷岡がこのエッセイの終りの方で指摘したように、髙橋みずほの短歌がすでに「われ」の呼称だけでなく、作者の感情移入を遠くのりこえているとすれば、認識論よりむしろ作者の創造と読者の受容の歴史社会的背景からきり離されて、既知の要素も未知の要素もテクスチュア（織物）のように編集した、テクストとしての作品だけを重視する「構造主義」の思潮に近いといえる。だが、ここでも「イギリスの針生一郎こと」ジョージ・スタイナー（そう書いたのは、一九七〇年代に死んだ小野二郎だった）が、構造主義にかぎらず記号論的思考一般について指摘したように、表現を歴史からきり離し「豊富なひき出しのカードで精緻に分析するが、陳腐な結論にしか達しない」限界がつきまとう。

3

それらの危惧をいだいていたせいか、わたしは髙橋みずほから新しい歌集『フルヘッヘンド』のゲラを送られて一読すると、かなり大きな転回のきざしを感じた。図式化して言えば、認識論から存在論へ、構造主義からポスト構造主義へ、状況を主体の身体的契機に集約しての自己省察への転回である。

遠ざかる人を時々振り返る地平のなかに手を
下げていた

驚けば黒目ひとつを眼に入れたままなる顔を
突き出してくる

坂道を下る速度に満月が見え隠れする尾根の
町

西空にうすき山を置きざりに駆けよりてくる少年の膝

祖母というも母なる母のとおき日の門をあけたる鈴の音にある

鷺寺に柿の実重なる秋に人はふと石となる

赤い目は左右にとおく雪降りの日には内よりかたまる兎

駆け上がる曲がる階段その先に祠がひとつあるだけの道

実はこの文章をひきうけてから、意外に書きにくくて締切りにおくれ、何度も髙橋みずほや出版社から催促の電話を受けた。わたしはそれらに「作者の意図や方法論がわかったということと、作品に魅惑されることのあいだには、大きな距離があってその距離に苦しんでいる」と答えたが、実際ゲラを読み返すたびに、ある日はとくに彼女の字足らずの歌が、チマチマとまとまりすぎて動きのない静物画や風景画のように感じられ、ある日は大きく空間と時間を切断する新鮮な詩とみえたのだ。前者は谷岡亜紀もみとめるように、「認識論としての短歌」が視覚中心になりがちなところからきているのに対して、今度の歌集では光、風、雲、水、音、などを主題として、眼にみえない動きをとらえた作品に秀作が多いからだ。

透明の雨重なりてゆけ丘の緑も雲に重なれ

富士山と真向かう位置に挟まれた雲の底の薄暗き

うす障子木の温りを吸いとって越えくる光に押し倒された

走り抜けてダンプ空気の層を剝ぐ　ゆるゆる響きかしぐ街角

光はグラスの水を通り抜け壁ゆれる水影となる

頬にあたる風か暗闇かなしみか涙の線をすいと描きて

水仙の香をのぼる階段に線香の煙ひき継ぎて

ゆく
山頂のオカリナの音のつまずきも草露束ねた風にゆれ
赤帽子まわる踊り子だきしめて絵具のながれひきよせていた
かつて海へと落ちる石段か汽笛おぼろの正月の町

わたしはこれらの歌作を書き写しながら、字足らず歌の宙吊り状態がよびおこす緊張感とともに、定型韻律の歴史に鍛えられた表現力を十分に再確認した。だから髙橋の字足らず歌が定型に新しい息吹きをよみがえらせるための過渡的な実験なのか、それとも永続的な詩型の定著となるか、今のところわからない。ただ横浜で会ったときの別れぎわに、彼女が先日仙台に帰ってきたばかりだと、仙台名産の菓子の小さな包みをくれたように、この歌集でも各地の名物菓子や祭りを歌った秀作が多い。すると前衛的ともいえる字足らずの実験に惹かれて、髙橋自身あまり意識していないようだが、彼女は本来町好き、人間好きの民衆詩人の資質をもっているのではないか。その意味で印象に残った作品を、最後に引用しておこう。

黒柿と黒文字のある菓子の干され干されて餡の味する
篩月《しげつ》とう京菓子をとり出せばしめり皮うち栗くだかれて
口に入れ噛むまでの舌の上ふれてとけて染むあまさ
一本の道の果てから湧いてくる山車の太鼓に狐の踊り
大テントろくろっ首に布のゆれ紐の上下のおばけの動き
曲がれば菓子屋横丁のにぎわいもコンペイ糖の角にふれ
鬼子母神老女が十円投げ入れて軒の深みに鳴らす鐘音

髙橋みずほと縦の時間

（『フルヘッヘンド』栞）

東郷雄二

『フルヘッヘンド』は二〇〇六年に上梓された髙橋みずほの第二歌集である。歌集題名の「フルヘッヘンド」はふつうの人には、セパタクロー（タイの球技）とかナーベラーヌプシー（沖縄のヘチマの煮物）などと同じように意味不明の単語である。あとがきに種明かしがあり、杉田玄白らが翻訳した『ターヘル・ナトミア』（解体新書）で語義推定に苦労したオランダ語であることがわかる。「堆（ウヅタカシ）」すなわち「盛り上がり」という意味で、この「フルヘッヘンド」なる語を歌集題名に選んだことからも、作者の高橋がいかに「意味の病」から自由であるかがわかる。

　髙橋は一九五七年（昭和三十二年）生まれ。加藤克巳の「個性」で作歌を学び、二〇〇二年に今井恵子、吉野裕之と歌誌『ＢＬＥＮＤ』を創刊。第一歌集

『凸』（一九九四）と、セレクション歌人『髙橋みずほ集』（邑書林）がある。『フルヘッヘンド』には親交のある美術評論家の針生一郎が栞文を寄せているが、栞全部が一人の文章というのも珍しい。おまけに針生は文章を書くのに苦吟しているのである。私ももし、あらかじめセレクション歌人『髙橋みずほ集』で第一歌集『凸』を読んでいなかったら、途方に暮れたにちがいない。なにしろ『フルヘッヘンド』には次のような歌が並んでいるのである。

細道は細道へとぶつかっていずれ線路に合う形する
裏口を開け放した蕎麦屋に動く指あり一列の卵
確かに現れるエスカレーター人もち上げる高さがありて
店なかに服吊られ店なかに靴が積まれて川端長屋
青栗の毬のなかへと霧雨がおちてゆく子のつまさきの

どの歌も定型からいくらか外れており、起承転結がはっきりしない。歌を構成する言葉のどのレベルで受け止めればよいのかわからず、途方に暮れるのである。しかし第一歌集『凸』を読んだ目で『フルヘッヘンド』を読むと、作者の重心の移動を感じることでわかってくることがある。立ち位置が変化したことで、どのような場所に立っていたか、そして今どのような場所に立とうとしているかを計測することができるからである。
『凸』から歌を引いてみよう。

咲きかけの隙間に入りたる夏風の形となりて花びらの立つ
樹にあたる風を散らす葉の揺れを集めて幹の伸びてゆく先
電線が埋め込まれてしまう街空の刻み　放たれてゆく

そがれつつ風はサッシの隙間から人工音に変えられてくる
壁の線横に流れるものだけが速度のなかで消されずにある
壁かけを外したあとの薄汚れ取り残したる鋲にとめられ
坂道の半ば程の墓場からきざまれている海がみえる

セレクション歌人『髙橋みずほ集』には、谷岡亜紀が周到な評論を寄稿している。谷岡は、髙橋の歌に字足らずの破調が多いことに着目し、一回性の文体で現実を掬いとろうとしており、その根幹は視覚を中心とする感覚的表現であるとする。また髙橋の歌は認識の歌であり、その多くは時間認識に関係し、きわめて方法論的意識のもとで作歌されていると結論づけている。髙橋の短歌の本質を剔抉した明解な論旨である。基本的に谷岡の分析に賛同しつつ、変奏を加えることで髙橋の短歌の立ち位置を考えてみよう。

髙橋の短歌が時間認識に重点を置いていることを明らかにする手掛かりがふたつある。ひとつは動詞の多さと、起動相の述語の多さである。たとえば上に挙げた二首目「樹にあたる」を見ると、「あたる」「散らす」「集める」「伸びてゆく」と一首のなかに四つも動詞がある。一般に作歌心得として一首に動詞はせいぜい三つまでと言われており、その心得に照らせば動詞過剰の歌である。動詞は「出来事」を表し、出来事は時間の中で生起する。だから動詞は歌の中に時間の流れを作り出す。髙橋が動詞を多用する理由はここにある。また起動相（inchoative）とは、「〜しはじめる」という動作・状態の開始を表すアスペクト表現をいう。三首目の「放たれてゆく」と四首目の「変えられてくる」の「ゆく」「くる」という複合動詞語尾がそれである。これらの動詞語尾は「変化」と「推移」を表す。もう少し歌語的に表現すれば、「移ろい」と「過ぎゆき」を表すと言ってもよい。いずれも時間の流れを前景化するものであることは言うまでもない。しかし、「Aの次にBが起きる」とか「AだったものがBになる」という時間推移は、出来事レベルの時間である。髙橋はこれを事柄の展開に関わる「横軸の時間」と呼んでおり、髙橋がめざす時間にはもう一つあることは後述する。

　次に谷岡が指摘する感覚的表現という点だが、これは師の加藤克巳にその深源があると見てよかろう。

　ざくろの不逞な開口　沈黙の白磁の皿にのけぞっている　『球体』
　あかときの雪の中にて　石　割　れ　た

　西洋のさまざまな芸術運動に深い関心を示し、短歌においてそれを表現しようとしたモダニストの加藤の短歌においても視覚の優位は紛れもない。情景を説明的に描写するのではなく、むしろ表現を削ぎ落すことで感覚的印象をざっくりと定着しようとするその手法は、吃音的で前衛俳句に近づくことがある。上に引用した髙橋の歌でも、「坂道の半ばの墓場からきざまれている海がみえる」などは前衛俳句の香りがする。

　このような手法から帰結する特徴として、上句と下句の照応の不在と、それと深く相関する表面上の〈私〉の不在を指摘することができる。永田和宏が「問と答の合わせ鏡」と呼んだように、伝統的な短歌においては上句＝問に下句＝答が応答する（またはその逆）という照応関係、あるいは上句＝叙景に下句＝抒情（またはその逆）という応答において一首の完結性を担保し、その照応関係の結節点として抒情の主座たる〈私〉を浮上させるという構造があった。ところが髙橋の短歌においては、たとえば「不確かに寄せる力というがまな板の豆腐のゆがみの線にある」（『凸』）を例に取ると、頭から一気に読み下す形になっており、上句と下句の照応という構造がない。そのため照応関係を支える結節点としての〈私〉もまた表面上は見えなくなっている。髙橋の短歌は、読者が作者の〈私〉の位置に想像上身を置くことで得られる安易な感情移入を峻拒するのである。

空間に線を引きつつ遠景をなお遠ざけて雨の町
暮れた空金鎚音はとまらずに木を組みつつ空間を割る

空間認識をテーマとする歌を二首引いた。これらの歌からも明らかなように、髙橋の歌に登場する景物は作者の内的感情の相関物（もしくは象徴）ではまったくない。そのようなレベルに歌意を汲み取るダイアルの波長を合わせても、聞こえてくるのは空電のみである。唐突な連想だが、髙橋はきっとモンドリアンの絵が好きなのではないか。空間分割と色面の配置から成り立つ構成主義的なモンドリアンの絵は髙橋の短歌と共通点があるように思う。

では髙橋の短歌は何をめざしているのか。「縦軸の時間」と題された散文（初出『ＢＬＥＮＤ』№５）において、髙橋は子規と牧水の短歌を素材として、事柄の展開を追う「横軸の時間」とは異なるもうひとつの「縦軸の時間」の存在を指摘している。

つるむ小鳥うれたる蜜柑おち葉の栴檀家をめぐりて夕陽してあり　牧水

「つるむ小鳥」「うれたる蜜柑」「おち葉の栴檀」ひとつひとつに焦点を当てることで時が生まれ、それは言葉の奥に畳まれている時間だという。韻文はこの縦軸に生まれる時間のなかで育まれるものであり、事柄主義的理解によって言葉の襞に畳み込まれた時空間を見落としてはならないと髙橋は説く。髙橋の言わんとするところを十分に理解しているかどうか心もとないのだが、私の理解したのは次のようなことである。私たちの日常言語や散文の言語の目的は意味の伝達にあり、そこで重要なのは「ＡだからＢだ」という論理関係と、「Ａが起こりＢが起きた」という出来事の継起関係である。これが「横軸の時間」である。水平方向に時間軸がイメージされているので、時間の進行する方向が横軸になる。横軸の時間は論理と説明の支配する領域である。これに対して時間軸に垂直に交わる縦軸の時間とは、いわば言葉の内部に重層的に降り積もったイメージの集積体である。たとえば「桜散る」を例に取ると、「風が吹いたから桜が散る」という因果関係の説明や、「桜が散るから私は悲しい」という感情表現へと移行することなく、「桜散る」という単体の表現それ自体の奥に仕舞われているイメージということになる。それを事柄主義的な理解に回収するのではなく、それ自体として歌のなかにひっそりと置く、これが髙橋のめざしていることではないだろうか。栞文を書いた針生が呻吟の末に、『凸』の認識論から『フルヘッヘンド』の存在論へという図式を描いて見せたのも、このような事情と無縁ではなかろう。事柄の連鎖へと回収されずにそのものとして有るというあり方は、確かに存在論的色彩を帯びるからである。

冬木立空に向かいて手を放つ　ままに途切れた　　『フルヘッヘンド』

竜の描かれてある襦袢の藍の深みは裾元薄れまな板に死にて目をむく魚の遠い海色透きて鱗

これらの歌では意図的に短歌の韻律をずらし、字足らずの破調を形式として選択しているが、これもまた言葉が事柄の連鎖へと回収されるのを阻害し、言葉がそれ自体の奥から輝くことを願ってのことと考えられる。

もしこのような読みが的を射ているとするならば、髙橋のめざす道はなかなか険しいものと言わなくてはなるまい。針生も栞文のなかで「作者の意図や方法論がわかったということと、作品に魅惑されるということのあいだには、大きな距離があってその距離に苦しんでいる」と述懐している。髙橋の短歌は読む人に高度な読みを要求する。その意味で読む人を選ぶと言えるかもしれない。しかしそれもまた歌人の選択であることは言うまでもない。

（橄欖追放――東郷雄二のウェブサイト」一九二
二〇〇七年三月五日）

原初的な認識
――歌集『凸』評

古橋信孝

咲きかけの隙間に入りたる夏風の形となりて
　花びらの立つ

邑書林の「セレクション歌人」の『髙橋みずほ集』で読んだ。後ろに載せられた年譜によれば、『凸』は一九九四年に刊行されている。

引いた歌は『凸』の冒頭に置かれたもので、以下

ひまわりの頭がわずかに黒ずんで傾いたまま
　種子を宿しぬ
テーブルの真ん中に落ちて反射する光は木目
　を隠しとどまる
樹にあたる風を散らす葉の揺れを集めて幹の
　伸びてゆく先

と続いていく。さらに引いてみても同じような歌が続く。

　これらの歌は、何かの動きによって形が作られていく過程や結果を詠んでいる。こういうことに興味をもち、歌を詠むこと自体はわかる。しかし、こういう歌が続くことに立ち止まらされた。作者は何を知りたいのだろうか、何を詠みたいのだろうかというような関心である。

　これらに示されているように、ここには人の関与がない。いうならば自然が何かに作用して、何かになるということだけが詠まれている。人の行為を詠んだものを探すと、ようやく二十二首目に、「手のひらで傘先のゆれを握りしめ雑踏のなか歩き続ける」に出会う。そういう流れに置かれると、この歌も自分を詠んでいるのではなく、ただ目の前の動きを詠んでいると思えてくる。「右肩を下げて左を上げながら首を傾け垂直となる」は、たぶん体操をしている時の歌だが、詠み手は体操より、人体がある形を作り出すことに関心をもっている。しかも、人の意志でそういう形を作っているようには詠まれていない。

　これは、人間の営みも自然の営みもほとんど同じレベルで捉えている認識を語っているようにみえる。しかし、いわゆる人間も自然の一部だという認識とも違うように思える。もっと乾いていて、ただ何かが作用して何かが形をとるというところに踏みとどまっている。そこには感動も詠嘆もない。

　私も基本的に、世界はそのようにして形を作りつつ、また変化していくというように、常に動いていると考えている。この認識は仏教的なものに近い。いやもっと原初的なものかもしれない。

　しかし、だからこそ、この消費社会の生活を楽しんだりすることと、思考を重ねることに心を集中したりすることを等価値にして日々を暮している。

　この歌集はとても禁欲的だ。だから、共感したいところだが、異和感がないわけではない。私は禁欲的も嫌いではないのだが、今の社会をみつめるには、自分の居心地良さなども認めてしまったほうがいいと考えている。しかし、こういうところに踏みとどまらねばならないくらい、社会が追い込まれているのかもしれない。意識しているつもりなのだが、私などは消費社会に巻き込まれているだけかもしれない。そういうところが現代の問題なのだろう。

この歌人はこれからどういう歌を詠んでいくか気になる。

（「短歌往来」二〇〇七年九月号）

ずれながら音を

——歌集『坂となる道』評

荻原裕幸

紫陽花の花粒はじける六月に父の日ありてほのか雨

私の短歌感覚は、この結句の字足らずに軽く躓く。書くことが溢れて、一首の姿を整え切れずに破調になる、というのならば理解しやすいのだが、この字足らずは、少し補って「ほのかに雨は」などとすれば、容易に回避することが可能だ。それをあえて破調にしている節があるので軽く躓くのだ。この私のように、躓く読者が存在することは、たぶん作者にもわかっているのではないかと思う。むしろ作者は、読者にそこで軽く躓いて欲しいのではないだろうか。

髙橋みずほの短歌は、最新の歌集である『坂となる道』を含め、字足らずを核とする破調を一つの特徴としている。しかも、文体や方法に類するパターンの繰り返しが見られず、一首一首に、まるで何か事件が起きたように破調があらわれるのだ。私はこの一回的な破調に慣れることができず、毎度躓いては考えこんでしまう。仮に作者が読者に躓いて欲しいのであれば、その理由は何なのだろうか。

掲出の一首の結句を、私の示唆したように「ほのかに雨は」としたとすると、原作とは何が違って来るのか。私に感じられるのは、紫陽花、六月、父の日、そして雨を、なめらかにつなぐ抒情的なリズムである。調子はとてもいい。いいのだが、どこか類型的であり、素材がすべて、抒情のために奉仕する記号的な存在に見えてしまう。一方、字足らずの原作にはこの奉仕感が薄い。雨は無愛想に雨として降り、一首の現実的な雰囲気を強めているのが私には感じられる。

西日うけ色づける雲のひろがりまだ電線にとまりてしずか

ぐいとひとがひけばあるきだす繰り返しつつ夕暮れて　犬

対岸の樹々を見つつ湯に入りぬ父と母のいる湯船

引用は、いずれも、リズムに欠落感があり、同時に、素材に強い質感がもたらされていると感じられる例。読者が躓くことによって、調子のいいことばの流れが、実は何を奪っているのかを示そうとしているようだ。理知的でかつ感覚的な、ある種の実験なのかも知れない。最後に、この作者の正調の秀歌も一首あげておく。

ずれながら音を放ちてゆくように絵筆のあとにのこる彩り

（「短歌」二〇一四年七月号）

高橋みずほ歌集　現代短歌文庫第143回配本

2019年3月10日　初版発行

著者　高橋みずほ

発行者　田村雅之

発行所　砂子屋書房

〒101-0047　東京都千代田区内神田3-4-7
電話　03－3256－4708
Fax　03－3256－4707
振替　00130－2－97631
http://www.sunagoya.com

装本・三嶋典東　落丁本・乱丁本はお取替いたします

現代短歌文庫

（　）は解説文の筆者

①三枝浩樹歌集
『朝の歌』全篇

②佐藤通雅歌集（細井剛）
『薄明の谷』全篇

③高野公彦歌集（河野裕子・坂井修一）
『汽水の光』全篇

④三枝昻之歌集（山中智恵子・小高賢）
『水の覇権』全篇

⑤阿木津英歌集（笠原伸夫・岡井隆）
『紫木蓮まで・風舌』全篇

⑥伊藤一彦歌集（塚本邦雄・岩田正）
『瞑鳥記』全篇

⑦小池光歌集（大辻隆弘・川野里子）
『バルサの翼』『廃駅』全篇

⑧石田比呂志歌集（玉城徹・岡井隆他）
『無用の歌』全篇

⑨永田和宏歌集（高安国世・吉川宏志）
『メビウスの地平』全篇

⑩河野裕子歌集（馬場あき子・坪内稔典他）
『森のやうに獣のやうに』『ひるがほ』全篇

⑪大島史洋歌集（田中佳宏・岡井隆）
『藍を走るべし』全篇

⑫雨宮雅子歌集（春日井建・田村雅之他）
『悲神』全篇

⑬稲葉京子歌集（松永伍一・水原紫苑）
『ガラスの檻』全篇

⑭時田則雄歌集（大金義昭・大塚陽子）
『北方論』全篇

⑮蒔田さくら子歌集（後藤直二・中地俊夫）
『森見ゆる窓』全篇

⑯大塚陽子歌集（伊藤一彦・菱川善夫）
『遠花火』『酔芙蓉』全篇

⑰百々登美子歌集（桶谷秀昭・原田禹雄）
『盲目木馬』全篇

⑱岡井隆歌集（加藤治郎・山田富士郎他）
『鷲卵亭』『人生の視える場所』全篇

⑲玉井清弘歌集（小高賢）
『久露』全篇

⑳小高賢歌集（馬場あき子・日高堯子他）
『耳の伝説』『家長』全篇

㉑佐竹彌生歌集（安永蕗子・馬場あき子他）
『天の螢』全篇

㉒太田一郎歌集（いいだもも・佐伯裕子他）
『墳』『蝕』『獵』全篇

現代短歌文庫

（　）は解説文の筆者

㉓春日真木子歌集（北沢郁子・田井安曇他）
『野菜涅槃図』全篇

㉔道浦母都子歌集（大原富枝・岡井隆）
『無援の抒情』『水憂』『ゆうすげ』全篇

㉕山中智恵子歌集（吉本隆明・塚本邦雄他）
『夢之記』全篇

㉖久々湊盈子歌集（小島ゆかり・樋口覚他）
『黒鍵』全篇

㉗藤原龍一郎歌集（小池光・三枝昻之他）
『夢みる頃を過ぎても』『東京哀傷歌』全篇

㉘花山多佳子歌集（永田和宏・小池光他）
『樹の下の椅子』『楕円の実』全篇

㉙佐伯裕子歌集（阿木津英・三枝昻之他）
『未完の手紙』全篇

㉚島田修三歌集（筒井康隆・塚本邦雄他）
『晴朗悲歌集』全篇

㉛河野愛子歌集（近藤芳美・中川佐和子他）
『黒羅』『夜は流れる』『光ある中に』（抄）他

㉜松坂弘歌集（塚本邦雄・由良琢郎他）
『春の雷鳴』全篇

㉝日高堯子歌集（佐伯裕子・玉井清弘他）
『野の扉』全篇

㉞沖ななも歌集（山下雅人・玉城徹他）
『衣裳哲学』『機知の足首』全篇

㉟続・小池光歌集（河野美砂子・小澤正邦）
『日々の思い出』『草の庭』全篇

㊱続・伊藤一彦歌集（築地正子・渡辺松男）
『青の風土記』『海号の歌』全篇

㊲北沢郁子歌集（森山晴美・富小路禎子）
『その人を知らず』を含む十五歌集抄

㊳栗木京子歌集（馬場あき子・永田和宏他）
『水惑星』『中庭』全篇

㊴外塚喬歌集（吉野昌夫・今井恵子他）
『喬木』全篇

㊵今野寿美歌集（藤井貞和・久々湊盈子他）
『世紀末の桃』全篇

㊶来嶋靖生歌集（篠弘・志垣澄幸他）
『笛』『雷』全篇

㊷三井修歌集（池田はるみ・沢口芙美他）
『砂の詩学』全篇

㊸田井安曇歌集（清水房雄・村永大和他）
『木や旗や魚らの夜に歌った歌』全篇

㊹森山晴美歌集（島田修二・水野昌雄他）
『グレコの唄』全篇

現代短歌文庫

（　）は解説文の筆者

㊺上野久雄歌集（吉川宏志・山田富士郎他）
『夕鮎』抄、『バラ園と鼻』抄他

㊻山本かね子歌集（蒔田さくら子・久々湊盈子他）
『ものどらま』を含む九歌集抄

㊼松平盟子歌集（米川千嘉子・坪内稔典他）
『青夜』『シュガー』全篇

㊽大辻隆弘歌集（小林久美子・中山明他）
『水廊』『抱擁韻』全篇

㊾秋山佐和子歌集（外塚喬・一ノ関忠人他）
『羊皮紙の花』全篇

㊿西勝洋一歌集（藤原龍一郎・大塚陽子他）
『コクトーの声』全篇

(51)青井史歌集（小高賢・玉井清弘他）
『月の食卓』全篇

(52)加藤治郎歌集（永田和宏・米川千嘉子他）
『昏睡のパラダイス』『ハレアカラ』全篇

(53)秋葉四郎歌集（今西幹一・香川哲三）
『極光―オーロラ』全篇

(54)奥村晃作歌集（穂村弘・小池光他）
『鴇色の足』全篇

(55)春日井建歌集（佐佐木幸綱・浅井愼平他）
『友の書』全篇

(56)小中英之歌集（岡井隆・山中智恵子他）
『わがからんどりえ』『翼鏡』全篇

(57)山田富士郎歌集（島田幸典・小池光他）
『アビー・ロードを夢みて』『羚羊譚』全篇

(58)続・永田和宏歌集（岡井隆・河野裕子他）
『華氏』『饗庭』全篇

(59)坂井修一歌集（伊藤一彦・谷岡亜紀他）
『群青層』『スピリチュアル』全篇

(60)尾崎左永子歌集（伊藤一彦・栗木京子他）
『彩紅帖』全篇『さるびあ街』（抄）他

(61)続・尾崎左永子歌集（篠弘・大辻隆弘他）
『春雪ふたたび』『星座空間』全篇

(62)続・花山多佳子歌集（なみの亜子）
『草舟』『空合』全篇

(63)山埜井喜美枝歌集（菱川善夫・花山多佳子他）
『はらりさん』全篇

(64)久我田鶴子歌集（高野公彦・小守有里他）
『転生前夜』全篇

(65)続々・小池光歌集
『時のめぐりに』『滴滴集』全篇

(66)田谷鋭歌集（安立スハル・宮英子他）
『水晶の座』全篇

現代短歌文庫

（　）は解説文の筆者

⑰今井恵子歌集（佐伯裕子・内藤明他）
『分散和音』全篇
⑱続・時田則雄歌集（栗木京子・大金義昭）
『夢のつづき』『ペルシュロン』全篇
⑲辺見じゅん歌集（馬場あき子・飯田龍太他）
『水祭りの桟橋』『闇の祝祭』全篇
⑳続・河野裕子歌集
『家』全篇、『体力』『歩く』抄
㉑続・石田比呂志歌集
『孑孑』『忘八』『涙壺』『老猿』『春灯』抄
㉒志垣澄幸歌集（佐藤通雅・佐佐木幸綱）
『空壜のある風景』全篇
㉓古谷智子歌集（来嶋靖生・小高賢他）
『神の痛みの神学のオブリガード』全篇
㉔大河原惇行歌集（田井安曇・玉城徹他）
未刊歌集『昼の花火』全篇
㉕前川緑歌集（保田與重郎）
『みどり抄』全篇、『麥穂』抄
㉖小柳素子歌集（来嶋靖生・小高賢他）
『獅子の眼』全篇
㉗浜名理香歌集（小池光・河野裕子）
『月兎』全篇
㉘五所美子歌集（北尾勲・島田幸典他）
『天姥』全篇
㉙沢口芙美歌集（武川忠一・鈴木竹志他）
『フェベ』全篇
㊵中川佐和子歌集（内藤明・藤原龍一郎他）
『海に向く椅子』全篇
㊶斎藤すみ子歌集（菱川善夫・今野寿美他）
『遊楽』全篇
㊷長澤ちづ歌集（大島史洋・須藤若江他）
『海の角笛』全篇
㊸池本一郎歌集（森山晴美・花山多佳子）
『未明の翼』全篇
㊹小林幸子歌集（小中英之・小池光他）
『枇杷のひかり』全篇
㊺佐波洋子歌集（馬場あき子・小池光他）
『光をわけて』全篇
㊻続・三枝浩樹歌集（雨宮雅子・里見佳保他）
『みどりの揺籃』『歩行者』全篇
㊼続・久々湊盈子歌集（小林幸子・吉川宏志他）
『あらばしり』『鬼龍子』全篇
㊽千々和久幸歌集（山本哲也・後藤直二他）
『火時計』全篇

現代短歌文庫

（　）は解説文の筆者

⑧⑨田村広志歌集（渡辺幸一・前登志夫他）
『島山』全篇

⑨⓪入野早代子歌集（春日井建・栗木京子他）
『花凪』全篇

⑨①米川千嘉子歌集（日高堯子・川野里子他）
『夏空の櫂』『一夏』全篇

⑨②続・米川千嘉子歌集（栗木京子・馬場あき子他）
『たましひに着る服なくて』『一葉の井戸』全篇

⑨③桑原正紀歌集（吉川宏志・木畑紀子他）
『妻へ。千年待たむ』全篇

⑨④稲葉峯子歌集（岡井隆・美濃和哥他）
『杉並まで』全篇

⑨⑤松平修文歌集（小池光・加藤英彦他）
『水村』全篇

⑨⑥米口實歌集（大辻隆弘・中津昌子他）
『ソシュールの春』全篇

⑨⑦落合けい子歌集（栗木京子・香川ヒサ他）
『じゃがいもの歌』全篇

⑨⑧上村典子歌集（武川忠一・小池光他）
『草上のカヌー』全篇

⑨⑨三井ゆき歌集（山田富士郎・遠山景一他）
『能登往還』全篇

⑩⓪佐佐木幸綱歌集（伊藤一彦・谷岡亜紀他）
『アニマ』全篇

⑩①西村美佐子歌集（坂野信彦・黒瀬珂瀾他）
『猫の舌』全篇

⑩②綾部光芳歌集（小池光・大西民子他）
『水晶の馬』『希望園』全篇

⑩③金子貞雄歌集（津川洋三・大河原惇行他）
『邑城の歌が聞こえる』全篇

⑩④続・藤原龍一郎歌集（栗木京子・香川ヒサ他）
『嘆きの花園』『１９××』全篇

⑩⑤遠役らく子歌集（中野菊夫・水野昌雄他）
『白馬』全篇

⑩⑥小黒世茂歌集（山中智恵子・古橋信孝他）
『猿女』全篇

⑩⑦光本恵子歌集（疋田和男・水野昌雄）
『薄氷』全篇

⑩⑧雁部貞夫歌集（堺桜子・本多稜）
『崑崙行』抄

⑩⑨中根誠歌集（来嶋靖生・大島史洋雄他）
『境界』全篇

⑪⓪小島ゆかり歌集（山下雅人・坂井修一他）
『希望』全篇

現代短歌文庫

（　）は解説文の筆者

111 木村雅子歌集（来嶋靖生・小島ゆかり他）
『星のかけら』全篇

112 藤井常世歌集（菱川善夫・森山晴美他）
『氷の貌』全篇

113 続々・河野裕子歌集
『季の栞』『庭』全篇

114 大野道夫歌集（佐佐木幸綱・田中綾他）
『春吾秋蟬』全篇

115 池田はるみ歌集（岡井隆・林和清他）
『妣が国大阪』全篇

116 続・三井修歌集（中津昌子・柳宣宏他）
『風紋の島』全篇

117 王紅花歌集（福島泰樹・加藤英彦他）
『夏暦』全篇

118 春日いづみ歌集（三枝昂之・栗木京子他）
『アダムの肌色』全篇

119 桜井登世子歌集（小高賢・小池光他）
『夏の落葉』全篇

120 小見山輝歌集（山田富士郎・渡辺護他）
『春傷歌』全篇

121 源陽子歌集（小池光・黒木三千代他）
『透過光線』全篇

122 中野昭子歌集（花山多佳子・香川ヒサ他）
『草の海』全篇

123 有沢螢歌集（小池光・斉藤斎藤他）
『ありすの杜へ』全篇

124 森岡貞香歌集
『白蛾』『珊瑚數珠』『百乳文』全篇

125 桜川冴子歌集（小島ゆかり・栗木京子他）
『月人壮子』全篇

126 柴田典昭歌集（小笠原和幸・井野佐登他）
『樹下逍遙』全篇

127 続・森岡貞香歌集
『黛樹』『夏至』『敷妙』全篇

128 角倉羊子歌集（小池光・小島ゆかり）
『テレマンの笛』全篇

129 前川佐重郎歌集（喜多弘樹・松平修文他）
『彗星紀』全篇

130 続・坂井修一歌集（栗木京子・内藤明他）
『ラビュリントスの日々』『ジャックの種子』全篇

131 新選・小池光歌集
『静物』『山鳩集』全篇

132 尾崎まゆみ歌集（馬場あき子・岡井隆他）
『微熱海域』『真珠鎖骨』全篇

現代短歌文庫

（　）は解説文の筆者

⑬③ 続々・花山多佳子歌集（小池光・澤村斉美）
『春疾風』『木香薔薇』全篇

⑬④ 続・春日真木子歌集（渡辺松男・三枝昂之他）
『水の夢』全篇

⑬⑤ 吉川宏志歌集（小池光・永田和宏他）
『夜光』『海雨』全篇

⑬⑥ 岩田記未子歌集（安田章生・長沢美津他）
『日月の譜』を含む七歌集抄

⑬⑦ 糸川雅子歌集（武川忠一・内藤明他）
『水螢』全篇

⑬⑧ 梶原さい子歌集（清水哲男・花山多佳子他）
『リアス／椿』全篇

⑬⑨ 前田康子歌集（河野裕子・松村由利子他）
『色水』全篇

⑭⓪ 内藤明歌集（坂井修一・山田富士郎他）
『海界の雲』『斧と勾玉』全篇

⑭① 続・内藤明歌集（島田修三・三枝浩樹他）
『夾竹桃と葱坊主』『虚空の橋』全篇

⑭② 小川佳世子歌集（岡井隆・大口玲子他）
『ゆきふる』全篇

（以下続刊）

水原紫苑歌集　篠弘歌集
馬場あき子歌集　黒木三千代歌集
石井辰彦歌集